KB051323

시인의
진짜 친구

시인의 진짜 친구

2015년 10월 10일 초판 1쇄 펴냄
2016년 10월 20일 초판 2쇄 펴냄

글쓴이 | 설흔
펴낸이 | 김준연
펴낸곳 | 도서출판 단비
편 집 | 이효선
등 록 | 2003년 3월 24일 제2012-000149호
주 소 | 경기도 고양시 일산서구 일중로 30, 505동 404호(일산동, 산들마을)
전 화 | 02-322-0268
팩 스 | 02-322-0271
전자우편 | rainwelcome@hanmail.net

ISBN 979-11-85099-71-2 03800
값 12,000원

국립중앙도서관 출판시도서목록(CIP)

시인의 진짜 친구 : 우상, 청성, 형암, 연암의 기이한 우정론
글쓴이 : 설흔. — 고양 : 단비, 2015
p. ;   cm

ISBN 979-11-85099-71-2 03800 : ₩12000

한국 현대 소설[韓國現代小說]

813.7-KDC6   CIP2015025294

시인의 진짜 친구

우상, 청성, 형암, 연암의 기이한 우정론

설흔 지음

단비
danbi

우정이란 두 사람이 진정으로 서로를 혹평하면서
상대방에게서 무언가를 배울 수 있는 것이라고 나는 늘 생각해왔습니다.
— 프랜시스 베이컨*

친구의 지나친 칭찬에서 오는 해로움은
원수의 지나친 비난에서 오는 해로움보다 더 크다.
— 《교우론交友論》**

누가 서로 사귐이 없는 것을 서로 사귀는 것으로 여기며,
누가 서로 도와줌이 없는 것을 서로 도와주는 것으로 여길 수 있는가.

— 장자***

* 데이비드 실베스터, 주은정 옮김, 《나는 왜 정육점의 고기가 아닌가?》, 디자인하우스, 2015.
** 마테오 리치, 송영배 옮김, 《교우론 외 2편》, 서울대학교출판문화원, 2013.
*** 전호근, 《장자 강의》, 동녘, 2015.

서序

당신이 묻는다.

"진짜 친구에 대해 어떻게 생각하니?"

침묵, 또 침묵이던 당신이 어렵게 꺼낸 질문의 의도를 잘 알기에 쉽게 대답하지 않는다. 쉽게 대답하지 않고 작은 눈만 껌벅이다 뜬금없이 다른 이야기를 꺼낸다. 그 이야기란 정말로 뜬금없는 것이다. 옛날에 어느 시인에게 친구가 있었는데, 아니 친구라고 말하기엔 좀 뭣한 이들이 있었는데,(사실 그리 오랜 옛날도 아닌데) 친구 같기도 하고 친구 같지 않기도 한 그들을 놓고 시인은 그들이 자신의 진짜 친구인지 아닌지 고민하고 또 고민했다는 게 이야기의 대략적인 내용이다.

당신이 묻는다.

"시인의 결론은 뭔데? 시인은 누구를 골랐는데?"

한 줄로 답할 수는 없다고 말한다. 한 장으로 답할 수는 없다고 말한다. 당신은 손가락 두 개를 뺨에 대고 곰곰 생각한다. 곰곰 생각하더니 인내를 기꺼이 감수하겠다는 표시로 고개를 살짝 끄덕인다. 당신의 질문, 뺨에 댄 두 개의 손가락, 기꺼이 감수하는 인내. 그래서 이 글은 시작되었다.

당신의 질문에 답하기 위해.

당신의 얇고 긴 손가락에 대해 명상하기 위해.

오랜 시간을 들여 진짜 친구에 대해 말하기 위해.

차례

이언진李彦瑱(1740~1766년)

이언진은, 그저 그런 조선 사람이다. 내로라하는 노론 집안의 자제
도 아니고, 고위직의 미래가 보장된 청요직 관원도 아니고, 온 도성
에 소문난 문인도 아니다. 이언진은, 역관이다. 돈 뭉치 주무르며 희
희낙락하는 역관이 아니라 돈 버는 재주 따위는 아예 탯줄과 함께
끊어버리고 태어난 한심한 역관이다.

성대중成大中(1732~1809년)

성대중은 '대체로' 훌륭한 사람이다. 스스로는 입지전적인 인물로
여겼을 수 있겠다. 서얼이면서도 과거에 급제해 관직까지 얻었으니까.
다만 그 이후 성대중은 조금은 고리타분한 사람이 되어버렸다. 고리
타분? 부족하다. 충고의 화신이라는 말을 덧붙이는 게 좋겠다. 자신
의 능력을 과신한 나머지 상대의 빈틈을 지적하지 않고는 못 견뎠다.

이덕무李德懋(1741~1793년)

이덕무는 끝내 이언진을 만나지 못했다. 왜냐고 묻는다면 이렇게 밖에는 답을 하지 못하겠다. 그는 그런 사람이니까. 상대를 제대로 알기 전에는, 준비가 다 되었다고 느끼기 전에는, 해야 할 말을 분명히 찾기 전에는 결코 만나지 않는 신중한 전략가니까.

박지원朴趾源(1737~1805년)

박지원은 호불호가 명확한 사람이다. 자신이 좋아하는 사람에겐 마음을 열어 내장까지 보여주고 자신이 싫어하는 사람에겐 한겨울 금강산의 냉기를 뿡뿡이처럼 뿡뿡뿡 뿜는다. 유한준의 예를 드는 게 좋겠다. 고문古文을 전범으로 삼아 글을 쓰는 유한준이 박지원에게 글을 보내고 평을 요청한 적이 있다. 박지원은 편지로 답을 주었는데 긴 내용은 한 줄로 요약이 가능하다.

"못생긴 여인이 절세미인 서시 흉내를 내며 얼굴을 찡그리는 격이올시다."

11

1장
자료들

1.

이언진李彦瑱의 자는 우상이며 서울 사람이다. 역관 집안에서 태어나 가업을 이었다. 머리가 비상해 한 번 본 글은 절대로 잊지 않았다. 시 짓는 솜씨는 경이 그 자체여서, 눈 깜빡할 사이에 두보급의 시한 편을 완성했다. 글씨는 잘 쓰기도 하고 빨리 쓰기도 했다. 어느 겨울날의 일을 예로 들겠다. 느지막이 일어난 그는 세수하고 빗질한 후단정히 앉아 글을 베꼈다. 아침밥 먹기도 전에 서른 장을 넘겼다. 단정한 해서체로 써나간 것이 마치 활자로 인쇄한 책과 같았다. 빠뜨린곳도 하나 없었으니 그의 정밀하고 민첩함을 미루어 짐작할 수 있다.

– 《이향견문록里鄉見聞錄》[1]

---

1. 지은이는 유재건劉在建(1793~1880년)이다.

2.

통신사가 일본에 갈 때 그 또한 선발되었다. 사신들 중엔 문장에 능한 이들이 많았으나 신통하고 빠르기로는 그를 따라갈 이가 없었다.

일본 사람들은 원래부터 교활해 우리나라 사신들이 갈 때마다 갑자기 무리를 지어 와서 시문을 요구하거나 자신들이 지은 시문에 답을 해달라고 조르곤 했다. 갑작스럽게 몰려드는 이유는 골탕 먹이기 위해서였다. 황당한 상황이지만 사신들은 원숭이 같은 그들에게 지고 싶지 않았다. 그래서 붓을 휘두르고 종이에 먹을 뿌리며 요구에 응했다. 그러면서도 시간이 촉박함을 늘 걱정했다.

이언진이 도착하자 비슷한 일이 벌어졌다. 일본 사람들은 부채 오백 개를 가지고 와서 시를 써달라고 했다. 그는 재빨리 먹을 갈아 한편으로는 시를 읊고 다른 한편으로는 시를 써 짧은 시간 안에 일을 다 마쳤다. 빙 둘러서서 지켜보던 일본 사람들이 서로 돌아보며 놀라고 기뻐했다. 하지만 일본 사람들은 일본 사람들이었다.(조선 사람들이 조선 사람들이듯.) 기뻐하며 돌아간 그들은 새 부채 오백 개를 가지고 다시 와서 이렇게 말했다.

"공의 재능에는 충분히 감복했습니다. 이번에는 공의 기억력을 시험해보고 싶습니다."

새 부채 오백 개에 조금 전 지은 시들을 그대로 다시 써달라는 뜻이었다. 맹랑한 요구였으나 이언진은 코웃음 한 번 치고 응했다. 한편으로는 생각하고 한편으로는 써나갔다. 잠시 후 붓을 던지고 옷을 여몄다. 일본 사람들은 그가 새로 쓴 시들을 아까의 시들과 비교했다. 똑같았다. 일본 사람들은 놀라고 감탄하여 혀를 내둘렀다. 그러고는 이렇게 말했다.

"공은 신이십니다."

— 《이향견문록》

3.

나와 우상은 만난 적이 없다. 우상은 자주 사람을 시켜 나에게 시를 보여주며 "아마도 이분만은 나를 알아줄 것이다."라고 여겼다.

어느 날엔가 나는 심부름 온 사람에게 농담 삼아 **"오농의 가느다란 침[吳儂細唾]**이니, 자질구레해서 진귀하게 여길 구석이 하나도 없네."라고 했다.

내 말을 전해들은 우상은 **"창부傖夫**가 화를 돋우는군."이라 말하곤 한참을 있다 "내가 세상에 오래 살 수가 있겠는가." 탄식하며 눈물을 흘렸다고 한다. 그 말을 전해들은 나 역시 슬픈 마음을 감출 수 없었다.

－《우상전虞裳傳》[2]

---

2. 지은이는 박지원朴趾源(1737~1805년)이다.

4.

우상이 죽었다. 그의 나이 스물일곱이었다.

그의 집안사람이 꿈을 꾸었다. 검은 구름이 드리운 날, 술 취한 신선이 푸른 고래를 탔다. 우상이 그 뒤를 따랐다. 머리는 산발한 채로. 그 며칠 후 우상이 죽었다. 우상은 신선이 되어 날아간 거라고 말하는 이도 있었다.

아, 나는 속으로 그의 재능을 남달리 아꼈다. 그럼 왜 그의 기를 억눌렀는가? 우상이 아직 어린 까닭이었다. 머리를 숙이고 문장의 도로 나아간다면 언젠가는 훌륭한 글을 써서 세상에 남길 수 있으리라 여겼기 때문이었다.

– 《우상전》

5.

우상을 끝내 만나지 못한 것이 늘 한스러웠다. 문장까지 다 불태워서 남은 것이 없다고 한다. 세상에 그를 알 사람이 더욱 없게 된 것이다. 오래전에 간수해둔 글들을 뒤져 그가 보낸 시들을 찾았다. 어찌된 일인지 겨우 몇 편밖에는 남아 있지 않았다. 남은 것들을 다 모아서 우상의 전기를 지었다.

– 《우상전》

6.

성대중成大中이 심부름꾼을 시켜 이언진의 부고를 전했다. 나는 꽃
나무 아래를 황망히 걸었다. 도무지 정신을 차릴 수가 없었다.

　－《이목구심서耳目口心書》[3]

─────────

3. 지은이는 이덕무李德懋(1741~1793년)다.

7.

호산거사는 말한다.

하늘은 어찌하여 그의 나이를 연장해주지 않았던가?

하늘은 어찌하여 그의 마음과 피 속에 있는 문장을 흩날리는 먼지와 차가운 재 가운데로 던져버리게 했는가?

— 《호산외기壺山外記》[4]

4. 지은이는 조희룡趙熙龍(1789~1866년)이다.

2장
1766년 3월

이언진의 집

꽃이 피고 지는 건 모두 바람과 비 때문이다.

바람과 비는 꽃의 조맹인 셈이다.

– 〈도화동시축발桃花洞詩軸跋〉[5]

아이가 운다.

네 살짜리 운아가 운다.

짧은 단어들쯤은 제법 능숙하게 구사할 줄 아는 운아가 운다. 울음으로만 자신의 속내를 표현할 수 있는 갓난아이 시절로 돌아간 듯 자지러지게 운다. 당장 세상이 무너지기라도 할 것처럼 손발을 부르

------

5. 박지원의 글이다.

르 떨며 전심전력을 다해 운다.

아이의 울음소리에 꿈이 사라진다. 아이의 울음소리가 꿈속에서 헤매던 그를 어둑한 골목길 방 안으로 데려온다. 그는 몸을 일으켜 아이, 그리고 아내를 본다. 아내는 아이를 달래느라 그가 일어난 것도 알지 못한다. 속으로 깊은 한숨 쉬고 벽에 기댄다. 눈을 뜨기는 했으나 그는 아직 꿈에서 완전히 벗어나지 못했다. 꿈 치고는 기이한 꿈이다.

꽃이 지고 꽃이 피는 꿈.
살구꽃이 지고 복사꽃이 피는 꿈.

성급한 꿈이다. 필운대엔 살구꽃이 한창이다. 필운대의 살구꽃이 지고 도화동의 복사꽃이 피려면 화무십일홍花無十日紅의 지엄한 이치에 따라 열흘은 더 기다려야 한다.

한가한 꿈이다. 꽃이 지고 꽃이 피는 꿈이라니, 일상과는 아무런 관계도 없다.

그는 시인이다. 기이하고 성급하고 한가한 꿈은 시의 재료로는 안성맞춤이다. 그는 손 빠른 목공처럼 머릿속으로 시 하나 뚝딱 만들어낸다.

검은 창문 빛

붉어진다.

지는 해, 저녁노을

불에 탄다.

이 기이한 광경

뭐라 말할까?

복사꽃 숲 속

수정궁![6]

   아이의 울음이 조금씩 잦아든다. 그렇다고 천지사방이 고요해졌
는가 하면 그렇지는 않다. 날은 아직 채 밝지도 않았으나 골목길[7] 사
람들은 개미처럼 바지런하다. 소달구지가 덜컹거리며 지나간다. 생선
장수의 목소리가 좁은 길을 가득 채운다. 어젯밤에도 함께 떠들었던
여인네들은 십 년 만에 재회한 사람들처럼 반갑고 요란하게 아침 인
사를 주고받는다. 시끄럽냐고? 괴롭냐고? 그렇진 않다. 그 또한 골목
길 사람이니까. 골목길을 경외하는 그는 밖을 향해 고개를 살짝 숙

---

6. 이언진이 쓴 시의 대부분은 박희병의 《저항과 아만》(돌베개, 2009)에서 가져오되 이 글의
성격에 맞게 수정했다.
7. 골목길은 '호동衚衕'이다. 호동은 이언진의 당호이기도 하다. 이언진은 자신의 집에 호동
이라는 이름을 붙였다. 골목길에 골목길 집이 있고 그 골목길 집에 스스로가 골목길인
이언진이 살고 있는 것이다.

인다.

이제 운아는 울지 않는다. 엄마가 귀에 대고 뭐라 말하니 까르르 웃는다. 운아의 웃음소리가 꿈과 시로 굳었던 몸과 마음을 녹인다. 당장 운아를 안고 싶다. 운아를 안고 위아래로 흔들거나 자리에서 벌떡 일어나 방 안을 한 바퀴 빙그르르 돌며 크게 웃고 싶다. 손을 뻗었다가 이내 거둔다. 섣불리 손을 댔다간 다시 아이를 울릴 것만 같다. 아이는, 이번에는 쉽게 울음을 그치지 않을 것이다. 그는 흐음, 신음 비슷한 소리를 내뱉다 무언가를 예감한다. 몸을 움츠리고 손바닥으로 입을 덮는다. 기침이 터져 나온다. 석 달 만에 처음으로 고기 먹다 사레들린 사람처럼 급박한 기침이 터져 나와 손바닥을 범람한다. 두렵진 않다. 운아의 울음에 끝이 있듯 기침에도 끝이 있을 테니. 그것은 변하지 않는 이 세계의 진리다. 시작한 것은 반드시 끝난다. 태어난 것은 반드시 죽는다. 진리의 원칙대로 마침내 기침이 멈춘다. 그는 손등으로 입을 문지르며 묻지 말아야 할 것, 이를테면 피 같은 것이 묻지는 않았는지 확인한다. 쉰내 나는 침 몇 방울뿐이다. 옷자락으로 침을 닦는다. 속으로 안도하다가 운아의 얼굴과 마주친다.

운아가 웃는다. 아이처럼 까르르 웃지 않고 성인成人처럼 소리도 없이 웃는다. 아비의 마음을 다 안다는 성인聖人의 표정이다. 그는 손을 뻗어 운아의 머리를 살짝 쓰다듬는다. 여래처럼 소리 없는 웃음으로 화답하는 것도 잊지 않는다. 그 광경을 말없이 지켜보던 아내가 고개를 살짝 숙여 보인 후 밖으로 나간다. 아침을 준비하려는 것이다. 이제 그는 소박하나 맛난 아침을 먹을 수 있을 것이다. 김이 모락모락 솟아나는 보리밥을 생각하니 군침이 돈다. 침을 꿀꺽, 삼킨다. 소리가 바람벽을 살짝 흔든다. 무심결에 드러낸 본능이 민망해서 운아를 본다. 그러나 운아는 분주하다. 방 안에 있는 아버지와 엄마가 나간 문을 번갈아 쳐다본다. 운아의 고민은 금세 끝난다. 운아는 아버지를 힐긋 보고는 밖으로 나간다. 모자가 함께 까르르 웃는 소리가 들린다. 둘은 그저 보기만 해도 좋은 모양이다. 그 아름다운 소리. 천지가 새로 탄생하는 소리. 방문 하나의 간격일 뿐인데 꼭 다른 세상에서 들리는 소리 같다. 잠시 멍한 표정을 짓던 그는 책상 앞에 앉아 책을 펼친다.

"고요한 때는 생각이 괜찮다가도 막상 일을 만나면 어지러워지는 것은 무슨 까닭입니까?"
제자의 질문에 양명은 이렇게 답한다.[8]
"그건 네가 고요한 가운데에서 수양할 줄만 알았지 극기 공부를 하지 않았기 때문이다. 그러니깐 조금만 힘이 들면 속절없이 무너지는 게다. 사람은 반드시 일을 통해 연마해야 하는 법이다. 그래야 속절없이 무너지

---

8. 문답은 양명학 입문서라 할 왕수인王守仁(왕양명王陽明)의 《전습록傳習錄》에서 인용했다. 퇴계 이황이 외면한 이래 양명학은 조선조 내내 비주류 학문의 길을 걸었다.

지 않고 너의 두툼한 두 발로 다시 땅을 딛고 일어설 수 있다."

쥐 오줌 자국 요란한 천장을 보며 방금 읽은 구절을 입으로 되새긴다.

"반드시 일을 통해 연마해야 하리라. 내 두툼한 두 발로 다시 일어서야 하리라."

고개 한 번 끄덕이곤 단향에 불을 붙인다. 골목길처럼 좁은 방이라 진한 향내가 방 안을 채우는 건 순간이다. 눈을 감는다. 숨을 코끝에 모은다. 단전에 힘을 준다. 마음이 맑아진다. 꽃도 없고, 꿈도 없고, 시도 없다. 아이의 울음소리도 없고, 기침소리도 없다. 골목길도 없고, 그도 없다. 방 안은 고요가 머무는 공간이 된다. 진리를 탐구하는 공간이 된다. 그는 면벽한 도인이다. 참선하는 선승이다. 골목길의 주인이다.

그러나 우리는 알고 있다. 삶은 그리 단순하지 않다는 것을. 살구꽃이 한창인데 복사꽃 꿈을 꾸고, 해도 안 떴는데 해 떨어지는 시를 쓰는 게 삶의 비루한 현실이다. 하여 모든 게 완벽해 보이는 이 좋은 아침 그는 골목길의 주인이 되지 못한다. 면벽한 도인도, 참선하는 선승도 되지 못한다. 따지고 보면 오늘만 그런 건 아니다.

"요 며칠 내내 그랬지."

한탄이 더 참지 못하고 입 밖으로 튀어나온다. 가슴팍이 뜨거워지고 피가 머리로 몰린다. 지운 줄 알았던 복사꽃 향내가 어디선가 스 멀스멀 기어올라 명상을 방해한다. 숨을 깊이 들이쉬고 피와 향을 몰아내려 하지만 소용없다. 가슴에서 올라온 피와 향은 어느새 전신 으로 퍼져 있다. 뜨거운 피를 느끼고 아직 세상에 존재하지도 않는 향을 맡았으니 명상은 불가하다.

그는 욕지기를 내뱉고 눈을 뜬다.(아마도 '육시랄' 정도의 과격하면서 도 문어적인 욕이 아니었을까 짐작해본다.) 솟아오른 분노가 그를 잡아 먹는다.(쉽게 흥분하는 그의 성격을 엿볼 수 있다.) 그는 손을 휘둘러 단 향을 부러뜨린다. 도끼질을 흉내 낸 과장된 동작으로 가느다란 향을 부러뜨린다. 향은, 부러지는 순간 쿵 소리를 낸다. 자신에게 가해진 지나친 폭력에 항거하듯 전력을 다해 쿵 소리를 내며 쓰러진다. 아니 다. 우리도 알다시피 향은 쿵 소리를 내며 쓰러지지 않는다. 가냘픈 향은 그저 '소리 없는 아우성'만 내뱉고 쓰러졌을 뿐이다. 그렇다면 소리는 무엇인가? 허술하게 닫혔던 사립문이 갑작스레 열리는 소리 다. 곧바로 덜 거른 막걸리처럼 걸쭉한 목소리가 이어진다.

"봉상시 판관께서 보낸 편지를 가지고 왔소."

아침 댓바람부터 들이닥쳤으면서 목소리는 우렁차기만 하다. 심부 름꾼은 자신이 누군가의 아침을 완벽하게 망쳤다는 사실 따위는 세 번 죽었다 세 번 부활해도 모를 것이다. 바로잡아야겠다. 안 그래도 모략이 판을 치는 세상에 충실한 심부름꾼에게까지 누명을 씌우지는 말아야겠다. 전후 관계를 따져 정확히 말하자. 그의 아침은 심부름꾼이 닥치기도 전에 이미 망가졌다. 아침을 망친 건 그 자신이다. 심부름꾼은 그저 문을 좀 세게 밀었을 뿐이다. 어쩌면 허술한 사립문이 문제였을 수도 있다. 그가 아귀가 잘 맞지 않는 사립문을 손봤을 리는 없을 테니. 하나 지금 그에게 무엇이 옳고 무엇이 그른지는 중요하지 않다. 그는 상제도, 판관도 아니니. 때맞춰 닥친 심부름꾼은 배고픈 낙타[9]에겐 최고의 먹잇감이다. 그는 자리에서 일어나 발바닥에 불끈 힘을 주곤 문을 박찬다. 어쩌면 시인다운 리듬감으로 욕을 승화시켜 이렇게 외쳤을지도 모르겠다.

"육시랄! 육시랄! 육시랄랄랄랄랄!"

따지고 보면 골목길의 아침은 항상 그렇다.

골목길의 아침은, 늘 그렇게 요란하고 조용하게 찾아온다.

---

9. 이언진은 자신을 낙타 같은 특이한 존재로 여겼다.

2
성대중의 집

문인은 붓으로 다른 이를 핍박한다.

그래서 다른 이도 문인을 붓으로 핍박한다.

무인은 무기로 다른 이를 제압한다.

그래서 다른 이도 무인을 무기로 제압한다.

우리가 보기엔 그리 대단하지 않은 문장이지만 그의 생각은 좀 다르다. 그는 관계와 득실의 요체를 제대로 파악해냈다고 여긴다. 글자 수도 딱딱 맞으니 미학적인 관점에서도 그럴싸하다고 여긴다. 글자 수 맞췄다고 미학까지 동원한 그를 나르시시스트로 여길 필요까지는 없다. 그 또한 자신의 글이 완벽하다고까지는 평가하지 않으니. 무슨 말이냐고? 그는 완벽을 위해선 사례가 붙어야 한다고 믿는다.

그래야 방금 쓴 득의의 문장이 독자의 핏줄 속까지 파고들 수 있다고 믿는다. 사례 운운하는 그의 생각은 일리가 있다. 우리도 알다시피 독자란 작자들은 뭔가 쿨(cool)하고 세련된 걸 찾는 것 같지만 실상은 다르다. 미학적 완성도는 떨어져도 당장 자신의 삶에 적용 가능한(가능한 것처럼 보이는) 구체적이며 지질한 법칙 따위를 더 좋아하는 게(예를 들면 '8백만 원으로 11억 모으는 법' '우정 지속의 법칙' 같은) 독자의 속성이다.

'사례, 사례라……' 이맛살을 찌푸린다. 주먹을 불끈 쥔다. 자신이 만나온 인물들을 떠올려본다. '문, 무, 붓, 무기……' 집중, 또 집중하는데 갑자기 정신이 멍해진다. 아, 끝났다. 항복이다. 단 네 문장을 썼는데 머릿속은 백지다.[10] 하아, 한숨을 쉰다. 붓을 놓고 종이를 바라본다. 더 쓰긴 해야 하겠는데 마음은 이미 떠났다. 머리는 다만 그 마음을 먼저 읽은 것뿐이다. 그래도 나쁘진 않다. 네 문장을 얻었으니. 마음이 어지러운 가운데 어렵사리 집중한 대가치곤 괜찮다. 타인은 물론이고 자신에게도 너그러운 그는 스스로에게 합격점을 준다.

"그래, 오늘은 됐다."

그는 방문을 열고 나와 밖을 바라본다. 조용하다. 생선 장수의 외침도 없고, 여인네들의 수다 소리도 없고, 심부름꾼의 기척도 없다. 잠시 기다려보지만 상황은 바뀌지 않는다. 햇살 따뜻한 마루를 왔다

---

10. 하지만 당신은 이 글을 통해 그의 문장에 걸맞은 사례를 읽게 될 것이다.

갔다 하며 고개를 끄덕인다. 그의 머리는 차분하다. 심부름꾼이 편지를 전하고 답을 받으려면 일정 시간이 필요한 법이라는 사실을 인정한다. 몸은 다르다. 몸은, 이미 초조로 잔뜩 달아올라 있다. 그렇다면 손이 수염에 가는 걸 막을 도리는 없다. 수염을 쓰다듬는 속도가 점점 빨라진다. 탄력 받은 자동차가 부드럽게 앞으로 튕겨 나가듯 손의 움직임이 점점 더 경쾌해진다. 그러다 수염 한 가닥이 손톱에 걸린다. 수염이 왜 손톱에 걸리느냐고? 손톱을 잘근잘근 물어뜯어 톱날처럼 날카롭게 만들어버린 탓이다. 그는 일곱 살 아이처럼 아야 소리를 내뱉고는 얼굴을 찌푸린다.

"도대체 이게 뭐하는 짓인지 모르겠군."

온화하고 여유롭기로 소문난 그다.[11] 자신을 비방하는 소리를 듣고서도[12] 얼굴 한 번 찌푸리지 않고, 친구들이 술 한 잔쯤은 단번에 비우라고 재촉해도 취하는 건 주도에 어긋난다며 쪼개고 또 쪼개어 방울 단위로 마시는 이가 바로 그다. 그랬기에 반쪽 양반도 못 되는 서얼이면서도 종5품의 제법 든든한 관직 자리를 꿰차고 있다. 온화와

---

11. 성대중은 '계미통신사행'에서 기무라 켄카도를 만났다. 켄카도는 거부이자 장서가이자 시인이자 '겸가당회'라는 시사의 리더이기도 했다. 따뜻한 인간미를 바탕으로 폭 넓은 교우 관계를 가졌던 켄카도가 조선 사신들을 찾지 않았을 리 없다. 그런 그가 가장 좋아한 이가 바로 성대중이다. 켄카도는 성대중에게 겸가당회가 열리는 광경을 그림으로 그려주기도 했다. 성대중의 성품을 미루어 짐작할 수 있는 대목이다. 일본 일화의 대부분은 박희병의 《나는 골목길 부처다》(돌베개, 2010)를 참조했다.
12. 비방한 사람은 바로 이언진이다. 자세한 내용은 뒤에 나온다.

여유가 오늘날의 그를 만들었다 해도 지나치지 않다. 그런 그가 지금 일곱 살 아이처럼 얼굴을 찌푸리고 비명을 지르고 혼잣말을 하고 화를 내고 있다. 이게 다 이언진 때문이다. 그렇다면 이제 대부업체에서 빌린 돈의 이자처럼 빠르게 쌓였을 당신의 궁금증을 풀 시간이다. 이 글의 주인공인 양 첫머리부터 똥폼 잡고 등장한 이언진은 도대체 누구인가? 무엇하는 인간인가?

이언진은, 그저 그런 조선 사람이다. 내로라하는 노론 집안의 자제도 아니고, 고위직의 미래가 보장된 청요직을 꿰찬 관원도 아니고, 온 도성에 소문난 문인도 아니다. 이언진은, 역관이다. 돈 뭉치 주무르며 희희낙락하는 역관이 아니라 돈 버는 재주 따위는 아예 탯줄과 함께 끊어버리고 태어난 한심한 역관이다.[13] 이언진, 그는 매끈한 용모와도 거리가 멀고, 영웅호걸의 기세와도 거리가 멀고, 우스갯소리로 사람들을 들었다 놨다 하는 신통방통한 재주와도 거리가 멀다. 이언진 자신의 표현을 빌려 말하자면 비루하고 남루한 남자다.[14] 수염도 제대로 자라지 않아 여인네처럼 보이는 남자다. 게다가 몸은 비쩍 말라 갈비뼈가 제 존재를 팍팍 드러내며 성을 내는 것만 같은 남자다. 그 이언진 때문에 온화와 여유의 상징, 자수성가의 대표적 인물,

13. 이언진은 이렇게 썼다.
　"온갖 병 중에 돈병은 없네."
14. 이언진은 이렇게 썼다.
　"얼굴에는 궁티가 졸졸."

돈 많고 성품 좋고 시 잘 짓는 기무라 켄카도가 사신들 중 콕 집어 교우를 나눈 그가 이른 아침부터 흥분에 휩싸여 지랄발광에 가까운 행동을 하고 있는 것이다!

수염을 뜯기고서도 또다시 수염에 손을 대려다 간신히 멈춘다. 그는 피식 웃는다. 이병연의 일화가 생각난 탓이다. 시를 짓느라 하도 수염을 만지작거려 결국엔 시 한 편과 수염 한 가닥을 바꾸었다는 이병연의 일화[15]를 떠올리며 그는 어색한 웃음을 터뜨린다. 딴은 그의 입장 또한 이병연과 크게 다르지는 않다. 심신의 고통 속에서 그가 바라는 것은 오직 시뿐이니.

모든 것이 그의 뜻대로 된다면 곧 시 한 편이 도착할 것이다. 그의 판단이 정확했고, 거기에 더해 오늘의 운이 정말로 좋다면 시 한 편이 아니라 여러 편이 한꺼번에 도착할 수도 있을 것이다. 그렇게만 된다면 잭팟(jackpot)이다!

우리는 그의 흥분한 진술을 통해 그가 아침에 일어나자마자 심부름꾼을 불러 자신의 편지를 이언진에게 전하도록 했다는 사실을 알게 되었다. 또 다른 궁금증이 이어진다. 하루해는 길고도 긴데 그가

---

15. 화가 정선의 둘도 없는 친구인 시인 이병연은 시를 지을 때 수염을 만지작거리는 버릇이 있었다. 그러다 보니 시 한 구절과 수염 한 가닥을 맞바꾼 적이 참 많았다. 어느 땐가 그가 수십 일 동안 방 안에서 나오지 않았다. 마침내 그가 밖으로 나오자 수염이 전부 짧아져 있었다. 사람들은 그에게 무슨 일이 생긴 거냐고 묻지 않았다. 그가 지은 시가 상자에 가득하다는 사실을 잘 알고 있었기 때문이다.

그토록 서두른 이유는 무엇 때문인가 하는.(당신을 위해 그가 밤새 잠을 설쳤다는 정보도 슬쩍 흘린다.) 그거라면 별 고민 없이 정답을 말할 수가 있겠다.

다 박지원 때문이다.

그가 애용하는 소식통은 어제 저녁에 그를 찾아와 귀한 정보 하나를 들려주었다. 사흘 전 박지원이 마침내 이언진에게 답장을 보냈다는 소식이었다. 답장을 하기 위해서는 그에 선행되는 편지가 있어야 하는 법이다. 그렇다. 이언진은 박지원에게 편지를 보냈다. 한두 번이 아니라 여러 차례 편지를 보냈다. 자신이 쓴 시를 함께 보냈고 답을 구했다. 박지원은 어떻게 했나?

무시했다. 당신 식으로 속되게 말하자면 '생깠다'는 뜻이다. 그런 박지원이 마침내 답을 했다는 것이다. 소식통이 입을 열려는 순간 그가 선수를 쳤다. 소식통의 김을 다 빼버렸다.

"좋은 소린 못 들었겠군."

"그걸 어떻게 아셨소?"

"박지원이니깐."

"그게 무슨 소리입니까?"

"박지원이니깐."

소식통은 고개를 살짝 꼬고 그를 쳐다보았다. 소식통의 권리를 내세워 부족한 답변에 대한 추가적인 설명을 요청하는 것이다. 그는 어깨를 으쓱했다. 이유는 간단했다.

박지원을 잘 아는 이라면 석가의 말을 듣고 웃은 가섭처럼 그의 대답을 단번에 이해했을 것이다. 박지원을 잘 모르는 사람이라면 그의 대답은 요지부동 난공불락 철옹성일 것이다.

소식통이 어느 쪽이든 그는 이미 할 말을 다한 셈이다. 그래서 그는 웃으며 턱을 살짝 들어올렸다. 소식통은 소식통이다. 무리하게 답을 얻으려 노력하지 않는다는 뜻이다. 소식통에겐 소식통의 방법이 있으니까. 그가 한 의문투성이 대답에 대한 해석은 또 다른 고객에게로 가서 그의 말을 전하고 들으면 된다. 소식통은 소식통답게 일의 전말을 짤막하면서도 효율적으로 전해준다.

"박지원은 이렇게 말했소.

'오농의 가느다란 침[吳儂細唾]이니, 자질구레해서 진귀하게 여길 구석이 하나도 없네.'

그 말을 전해들은 이언진은 이렇게 대꾸했소.

'창부儉夫가 화를 돋우는군.'"

'오농의 가느다란 침과 창부······.' 묘한 대화다. 오농의 가느다란 침은 중국 강남 사람들의 말투가 유난히 간드러진 느낌을 준다는 데에서 나온 말이다. 창부는 시골뜨기라는 뜻이다.

그는 예리한 눈을 지닌 소식통을 의식해 일부러 부드럽게 고개를 끄덕였다. 소식통이 돌아간 후로는 고개 저으며 쯧쯧 소리를 내뱉었다.

둘의 반응은 그가 예상한 것과 하나도 다르지 않았다. 박지원은 박지원답게 직설적인 말로 이언진의 시를 싫어한다는 뜻을 분명히 전했고, 이언진은 이언진답게 박지원을 모욕하는 표현을 골라 응수했다.

박지원이 누구던가. 부러질지언정 결코 구부러지지 않는 이가 바로 박지원이다. 노론 집안의 자제로서 탕평책을 용납하지 못하고 과거까지 포기한 사실 하나만으로도 그의 대쪽 같은 성격(타협 따위는 모르는!)을 능히 알 수 있다. 이언진 또한 꼿꼿하기론 박지원 못지않다. 그는 이언진과 함께 일본에 다녀온 적이 있다. 그는 서기로 갔고, 이언진은 역관으로 갔다. 일본에서 통신사 오기만을 목 빼고 기다리는 이는 관리들이 아니라 문인들이다. 그들은 밤이면 밤마다 통신사가 머무는 숙소에 찾아와 만나줄 때까지 끈질기게 기다린다. 끈기와 시간으로 무장한 그들은 필담을 나누기 전에는 결코 떠나지 않는다. 그러다 보니 밤이면 밤마다 일본의 문인들과 필담을 나누는 게 통신사행의 가장 중요한 임무로 자리 잡았다. 그는 그들과의 필담을 별로 좋아하지 않았다. 이유는 간단하다. 학식 높은 중국 문인들이라면 모르겠지만 상대는 성리학의 기본도 모르면서 주자朱子를 모질게 비판하는, 원숭이 같은 일본의 문인들이다. 그들에게 얻을 것은 아무것도 없다.(기무라 켄카도는 예외적인 인물이다!) 그렇다고 통신사 업무에 소홀할 수는 없는 일. 허허실실 전략으로 맞섰다. 상대방이 원하는 대로 적당하게 호응해주고, 난처한 질문에는 허허 웃으며 발 빼는 전략 말이다.

　이언진은 달랐다. 역관이니 필담에 응하지 않아도 되었지만 그 누구보다도 적극적으로 임했다. 아니, 적극적이 아니라 아예 투쟁하듯 임했다. 한 번은 명나라 의고파擬古派[16]를 대표하는 시인들인 왕세정王世貞과 이반룡李攀龍 중 누가 더 나은지를 두고 붓에 피를 튀어가며 다툼을 벌이기도 했다.[17] 그가 보기엔 그저 치기어린 행동이었고 말도 안 되는 쓰레기 같은 논쟁이었다. 논쟁의 주제부터가 그렇다. 조선에서 문장깨나 쓴다는 이들에겐 이미 관심 밖의 인물들인 둘을 놓고 굳이 선후를 가리려 애를 쓰다니 말이다! 머리에 피도 안 마른 아이 둘이 만나 양주楊朱와 묵적墨翟의 우열을 논하는 격이었다.[18] 양주와 묵적 둘 다 이단이라는 생각은 머릿속에 떠오르지도 않았을 것이다. 아무튼 전력을 다한 필담으로(미련하게도!) 이언진은 크게 앓아눕기까지 했다. 다시 말하지만 그는 온화하고 다정한 사람이다. 아픈 이를 나 몰라라 하는 냉정하고 무심한 인간이 아니라는 뜻이다.

---

16. '문필진한文必秦漢, 시필성당詩必盛唐'이 의고파의 모토였다. 문장에서는 진한을, 시필에서는 성당을 전범으로 삼겠다는 뜻이다.

17. 이언진은 왕세정을 으뜸으로 쳤고, 일본 문인들은 이반룡을 으뜸으로 쳤다. 이언진은 둘을 동시에 논할 때 왕, 이라 했고, 일본 문인들은 이, 왕이라 했다. 연고전이냐, 고연전이냐를 연상케 하는 장면이다. 물론 일반인들은 그 순서 따위엔 아무런 관심도 없다.

18. 간단히 설명하면 양주는 나만을 위해 살겠다는 사람이고, 묵적은 너만을 위해 살겠다는 사람이다. 그런데 왜 이단이냐고? 둘 다 지나치니까. 그렇게는 살 수가 없으니까.

그래서 고위직 '서기書記'인 그는 짜증 한 번 비치지 않고 하위직 '압물통사押物通事' 이언진의 곁을 지켰다.(이언진은 그때는 물론이고 나중에도 고맙다는 말 한 번 비치지 않았다.) 그의 속내도 과연 그랬을까? 아니다. 이언진이 잠든 걸 확인한 그는 앓느라 반쪽이 된 이언진의 얼굴에 '주먹감자'를 날리며—물론 비유적인 표현이다. 우리는 그의 훌륭한 성품에 대해 잘 알고 있다—욕을 퍼부었다.

'네가 정녕 힘이 넘쳐 쓸데없는 일에 목숨을 거는구나.'

우리의 상식으로 생각할 때(물론 상식은 위험하다. 이 이야기가 끝날 때쯤이면 당신도 동감할 것이다.) 박지원에게 시를 보내고 평을 들으려던 이언진의 시도가 끝내 실패로 끝날 수밖에 없었던 건 이언진의 시가 박지원의 취향에 맞지 않았기 때문일 가능성이 크다. 하지만 봉상시 판관인 그는 또 다른 부분을 주목한다. 시를 보내고 답을 구하는 이언진의 방법론을 주목한다. 그가 들은 바에 따르면 이언진은 심부름꾼을 통해 박지원에게 여러 차례 시를 보냈다.

문인이 문인에게 자신의 시나 문장을 보내 평을 요청하는 건 그 유래도 헤아리기 어려운 오래된 전통이다. 그러나 대개의 전통이 그렇듯 이러한 전통에도 함정이 있다. 양자의 형편이 거의 동일할 때, 라는 보이지 않는 전제가 어깨에 힘주고 버티고 있는 것이다. 박지원과 이언진의 형편이 거의 동일한가? 그렇다고 말하는 이가 있다면 그 인간은 서울 사람이 아니다. 그가 보기에 박지원과 이언진은 글

쓴다는 사실 말고는 닮은 게 하나도 없는 이들이다. 이것저것 다 관두고 신분 문제만 짚어보기로 보자. 한 사람은 노론 집안의 후손이고 다른 한 사람은 역관 집안의 후손이다. 과거도 포기하고 파락호처럼 지내는 박지원의 초라한 모습을 들어 반론을 제기할 수도 있겠다. 서얼들에게도 제 집 문을 활짝 열고 맞이하는 박지원의 개방적인 모습을 들어 반론을 제기할 수도 있겠다. 그러나 파락호이더라도 청명한 노론 집안의 후손인 사실에는 변함이 없다. 서얼들과 교류를 하더라도 그가 타고난 신분은 바뀌지 않는다.(당신이 즐기는 표현대로 갑을 관계는 영원하다는 뜻이다. 노는 물 자체가 다르다는 뜻이다.)

그가 생각하는 결론은 단순명료하고 상투적이다. 이언진은 심부름꾼의 손에 시를 보내지 말아야 했다. 병에 걸려 쓰러진 것이 아닌 이상, 아니 행여 죽을병에 시달리고 있더라도 자신의 비쩍 마른 몸을 이끌고 시를 두 손으로 받들며 박지원을 찾아가야 했다. 소맷자락에는 시든 인삼 한 뿌리라도 넣어가야 했다.

그는 안타까운 일이 생겼다고 생각한다.

다른 한편으론 다행스러운 일이라고 생각한다.

무슨 뜻이냐고? 이언진과 박지원의 파국으로 그에게도 기회가 생겼다는 뜻이다. 온화하고 성품 좋은 그는 간밤에 꾼 꿈을 생각했다. 곧바로 꿈을 지우고 이언진을 생각했다. 이언진의 속내를 헤아렸다. 겉으로는 상처 하나 입지 않은 척 목소리 높여 창부니 뭐니 하며 자극적인 언사를 동원해 박지원을 욕했지만 속으로는 피눈물을 흘렸을 이언진의 그 아픈 속내를 헤아렸다. 그러나 우리가 잘 알다시피 헤아림은 아무것도 보장하지 않는다. 말로 쌓는 만리장성은 무용하다. 하룻밤, 아니 한 순간에 무너질 수 있다. 그러니 필요한 건 헤아림이 아니라 움직임이다. 이 점에서 그는 꽤 유능하다. 기무라 켄카도가 괜히 그에게 그림을 그려준 게 아니다. 그가 글씨를 먼저 건넸기에 답례로 그림을 그려준 것이다.

그의 마음이 급해졌다. 그는 중국산 금박 종이인 냉금전冷金箋을 꺼냈다. 잠깐 생각하다 냉금전 대신 수수한 전주산 태상지를 낙점했다. 자신이 아는 부드럽고 정중한 단어들을 한껏 사용해 편지를 쓴 후 심부름꾼의 손에 들려 보냈다. 편지 한 장만 달랑 보냈다고 생각하면 그를 과소평가한 것이다. 그는 꿩고기도 듬뿍 싸서 함께 보냈다. 왜냐고? 중심은 늘 안쪽에 있다. 안쪽은 바깥쪽보다 훨씬 중요하다. 집안의 주인은 여자이며 일을 성사시키는 데에서도 남자보다는 여자가 훨씬 더 중요하다는 뜻이다. 이언진은 편지를 읽고 고개를 끄덕일 것이다. 이언진의 아내는 꿩고기를 받고 기뻐할 것이다. 이언진의 아이는 꿩고기를 먹으며 웃음을 터뜨릴 것이다. 여자가 기뻐하고 아이가 웃으면 일은 끝난 거나 마찬가지라는 게 그의 판단이다.

그는 생각에 잠겨 있느라 손의 위치를 파악하지 못했다. 그 바람에 수염 한 가닥이 또 뽑혔다. 얼굴을 찌푸리는 순간 심부름꾼이 문을 열고 들어선다. 그는 온화한 미소 모드로 표정을 조정한 후 느긋한 목소리로 묻는다.

"그래, 답은 가져왔느냐?"

3
이덕무의 집

성대중은 자리에 앉자마자 입을 살짝 벌리곤 손에 입김을 분다. 손을 비비며 그의 장기인 온화한 웃음부터 쑥 내민다.

"아침부터 《논어論語》를 읽고 있는 거요?"

"무료해서 시간을 죽이고 있던 참일 뿐입니다."

"남들은 무료하면 바둑을 두거나 잠을 자던데."[19]

"그거야 마음 편한 이들의 이야기이지요."

성대중은 그가 읽던 《논어》를 집어 들고 펼쳐본다. 책에 대한 애착이 유난히 큰 그는,[20] 그래서 다른 이가 자기 책에 손대는 걸 싫어하

---

19. 공자님도 말하지 않았던가. 노느니 바둑이라도 두라고. 노느니 장기라도 두라고.
20. 애착이 큰 나머지 때론 자학처럼 보이기도 한다. '간서치看書痴'라는 이름도 그렇고 책을 팔아 밥 먹고 술 마셨다는 농담인지 진담인지 알쏭달쏭한 일화 또한 그렇다. 어쩌면 이런 면이 지나치게 반듯해 보이는 이덕무라는 인간을 제대로 이해할 수 있는 포인트인지도 모르겠다.

는 그는 본능적으로 손을 뻗으려 했다가 이내 포기한다. 왜냐고? 상대가 성대중이기 때문이다. 성대중은 그만 보면 죽마고우라도 되는 것처럼 허물없이 군다. 유별나게 허물없이 대한다는 것에는 또 다른 면이 있다. 그에게 기대하는 것도 많고 작은 행동에도 쉽사리 마음이 상한다는 뜻이다. 다행히 성대중은 이내 《논어》를 제자리에 놓으면서 말한다.

"내 그대 말을 믿을 것 같소? 책이 아예 붉은 노을이오. 이러다 아예 불에 다 타버리겠소."

조선조 최고의 인격자 중 한 명일 게 분명한 그는 대개의 인격자들이 그렇듯 받기만 하는 사람이 아니다. 받은 만큼, 아니 확실하게 이자를 덧붙여 건넨다.

"그대에 비하면 아무것도 아닙니다. 나야 일어나면 마땅히 할 일이 없어 책을 읽지만 그대는 벼슬길에 있으면서도 책을 손에서 떼지 않으니 칭찬받아 마땅하지요. 매일 《주역周易》 한 괘씩을 읽는다는 소문이 도성을 한 바퀴 돌아 내 귀에게까지 들어왔습니다."

성대중의 입술 끝이 살짝 올라간다. 그의 웃음에 성대중도 웃음으로 화답한다.

"아침부터 마음에도 없는 알랑방귀는 그만 뀌시오."

그가 차 끓일 준비를 하는 동안 성대중은 천천히 수염을 쓰다듬으며 슬쩍 말을 이어간다.

"전에는 내가 생각하기에도 책을 참 열심히 읽어서 부지런하다는 말을 들을 만했소. 하나 미관말직이긴 해도 관직에 있다 보니 책 읽을 시간을 따로 마련하기도 쉽지가 않더군요. 말로 하긴 뭣해도 급하고 중요한 일이 워낙 많아서……. 다만 《주역》과 《예기禮記》는 그래도 틈틈이 공부를 해 남보다 아주 못하지는 않다고 자부하기는 합니다."

그는 고개를 끄덕인다. 성대중의 말은 묘하다. 겸양과 자랑을 수시로 오간다. 물론 앞에서도 언급했듯 성대중은 아무에게나 그러지는 않는다. 상대가 그이기에 그러는 것이다. 그는 상대를 잘 이해하는 사람이다. 말하지 않는 말을 듣는 사람이다. 무슨 뜻인가? 가볍기보다는 진중한 편에 가까운 성대중이 그에게 와 친근함을 표시하며 사소한 자랑을 하는 마음을 조금은 알 것도 같다는 뜻이다. 성대중에겐 그와 같은 사람이 필요하다는 걸 안다는 뜻이다.

그는 찻물이 끓는 것을 본다. 거품이 적당하게 올라온 것을 확인한 후 찻주전자를 화로에서 내린다. 귤껍질차를 따라주며 느긋하기로 소문난 성대중이 관청에도 나가지 않고 아침 댓바람부터 그를 찾아온 이유를 헤아려본다. 벗과 책 외의 세상사에는 둔감한 그이지만 짚이는 것이 하나 있기는 하다. 신중한 그는 짚이는 그것을 곧바로 입에 올리지 않는다.

"오늘은 관청에 나가지 않으십니까?"

"하루 휴가를 얻었소. 며칠 동안 야근에 숙직까지 했으니까요. 게

다가 꼭 해야 할 일들이 좀 있기도 하고."

"그래, 무슨 중한 일이 있기에 이른 아침부터 누추한 곳을 찾아오셨습니까?"

성대중은 찻잔을 들어 한 모금을 입에 넣은 후 눈을 한 번 감았다 뜬다. 성대중의 입에서 나올 말만을 기다리고 있을 당신을 위해 다시 한 번 말하자면 성대중은 결코 서두르지 않는 사람이다. 절대로 앞질러가지 않는 사람이다. 무엇 하나 건너뛰는 법이 없는 사람이다. 성대중의 됨됨이를 잘 아는 그는 웃으며 성대중의 반응을 기다린다. 성대중은 입술을 좌우로 서너 번 움직이다 드디어 차를 삼키곤 평을 낸다.

"훌륭하오."

"그런가요?"

"첫맛은 심심한데 입에 머금고 있으면 시큼하면서도 씁쓸한 맛이 올라오고 다음으로는 그윽한 향이 코로 느껴지오. 비유하자면 꼭 느긋하게 한라산을 오르는 기분이라고나 할까?"

그는 한라산을 올라본 적이 없다. 성대중 또한 마찬가지일 터. 그러니 비유가 피부에 와 닿지는 않는다. 이언진이라면 당장 비웃었을 것이다. 박지원이라면 당장 되물었을 것이다. 그는 다르다. 그는 조용히 듣고 고개를 끄덕이고 고마움을 드러낸다.

"차보다 평이 더 훌륭합니다."

우리는 이만하면 되었다 생각하지만 그건 성대중이라는 사람을 무시하는 것이다. 성대중은 다시 변죽을 두드린다. '느긋하게' 차를 마시며 지난 밤 꿈 이야기를 꺼낸다. 결론부터 말하자면 엉뚱한 꿈이다. 성대중이 꿈에 고래를 보았다는 것이다. 생김새는 잘 기억이 나지 않으나 느낌상 고래가 분명하다는 것이다. 많고 많은 동물 중 왜 하필 고래라고 생각하는지 그 이유를 차근차근 설명하는 성대중의 말을 들으며 그는 책상 위에 놓인 《논어》를 본다.

꿈. 꿈. 꿈. 평범한 우리 눈엔 별세계에 사는 이처럼 보이긴 해도 그 또한 우리처럼 사람인 건 분명하니 그도 꿈을 꾼다. 그의 꿈과 《논어》엔 모종의 관계가 있다. 꿈에서 깨어나자마자 정좌하고 《논어》를 읽었기 때문이다. 꿈은 여태도 선명하다. 붉은 옷을 입은 병사들이 북을 치고 소리를 지르고 대포를 쏘았다. 푸른 옷을 입은 병사들도 북을 치고 소리를 지르고 대포를 쏘았다. 횃불이 사방에서 환하게 불타올랐다. 전쟁이 벌어진 것이 분명했다. 문제는 그가 그 한가운데에 떡하니 서 있었다는 것. 대포알이 떨어지고 불이 붙고 고함소리가 난무하는 그 한가운데에 그가 떡하니 서 있었다는 것. 또 다른 문제도 있었다. 도망가려 해도 다리를 움직일 수가 없었다는 것. 소리를 지르려 해도 소리가 밖으로 나오지 않았다는 것. 병사들은 병사들답게 냉정했다. 그가 거기 있는 것을 알면서도 북을 치고 소리를 지르고 대포를 쏘았다. 서로는 안중에도 없다는 듯 오직 그에게만 대포를 쏘고 횃불을 던졌다. 마치 그가 전쟁의 원인이기라도 한 것처럼. 그는 머리를 부여잡았다. 눈 감고 귀 막고 입을 벌렸다. 소리 없는 비명으로 고통을 호소하다가(어쩌면 에드바르트 뭉크의 그 유명한 그림과도 비슷했겠다.) 잠에서 깼다. 사방은 고요했다. 병사들도 없고, 북도 없고, 대포도 없었다. 깨긴 했으나 꿈의 여운은 실제처럼 남았다. 그래서 두려움과 무서움은 여전했다. 병사들이 문을 열고 나타나 그를 에워쌀 것 같았다. 그의 머리를 향해 대포를 쏘고 횃불을 던질 것 같았다. 너무 두렵고 너무 무서워 밖으로 튀어나가고 싶었다. 광인처럼 냅다 소리 지르며 거리를 달리고 싶었다. 《논어》를 읽은 건 그 때문이었다. 두려움과 무서움을 최고 성인 공자의 힘을 빌려 다스리기 위해서. 미친놈처럼 소리 지르고 튀어 나가고 싶은 마음을 문장으로 이겨내기 위해서. 최고 성인 공자의 약발은 대단했다. 몇 문장 읽지도 않았는데 호흡이 안정되었고 마음이 차분해졌다.(이즈음 들어 신경이 몹시 예민한 당신도 한 번 읽어보길 진지하게 권하는 바다.) 그렇다고 기괴한 꿈이 머릿속에서 사라진 건 아니었다. 외려 꿈은 머릿속에 각인이 되었다. 몸에 새겨진 가난처럼 지우려야 지울 수가 없는 존재가 되었다. 그런데 무슨 뜻일까? 모르겠다. 그때 갑자기 그의 등짝이 서늘해진다. 살짝 돌아본다. 물론 아무것도 없다. 애초부터 실체가 있는 두려움이 아니었으므로. 큰 두려움은 몸뚱이가 없는 법이므로.

자신의 꿈 이야기가 안 그래도 예민한 그의 불안을 촉발했다는 사실을 알 리 없는 성대중은 조심스럽게 수염을 쓰다듬은 뒤 드디어 그를 포함해 우리 모두가 기다리던 본론을 프리미엄 카드 내밀듯 자신 있게 꺼내 보인다.

"이언진이 박지원에게 시를 보냈다는 사실을 아오?"

"네?"

"한두 번이 아니라 여러 차례 보냈다는 사실을 아오?"

"네?"

"시를 받기만 하고 묵묵부답으로 응대하던 박지원이 무슨 까닭인지 마음이 변해 사흘 전에 드디어 답을 주었다는 사실을 아오?"

"정말입니까?"

프리미엄 카드의 효과는 확실하다. 그의 등짝이 다시 서늘해진다. 그로서는 처음 듣는 이야기다. 그럼에도 공포의 정도로 치면 꿈과 다를 바가 없다. 이언진에 관한 말이 나올 줄 짐작은 했다. 성대중은 일본에서 돌아온 이래 그를 만날 때마다 이언진이라는 이름을 빼놓지 않았으니까. 어떤 날은 칭찬을 하고 어떤 날은 흉을 보았다. 우리가 주고받는 피 튀길 정도로 격렬하고 직설적인 '뒷담화'를 생각하면 곤란하다. 성품 좋은 성대중인 만큼 흉이라도 노골적인 흉은 아니었다. 그저 이야기 끝에 지나가는 말로 사람 마음도 모르고, 하고 가벼운 탄식을 내뱉는 정도였다. 그런 까닭에 오늘도 이언진의 이름을 꺼

내리라고 짐작은 했지만 지금 들은 건 생각 밖이다. 듣자마자 비명이 저절로 흘러나온다. 그는 속으로 혼잣말을 한다.

'무엇이 그리 급했나. 조금만 기다렸더라면 좋았을 것을.'

무슨 뜻인가? 그 또한 무언가를 알고 있다는 건가? 어떤 면에서는 그렇다고 할 수 있다. 성대중에게만 소식통이 있는 것은 아니다. 천생 책상물림 선비인 그에게도 소식통이 있기는 있다. 성대중의 소식통은 발 빠르고 냉정하지만 그의 소식통은 정확하고 날카롭다. 성대중에게 이언진의 이름을 들은 후 호기심을 느낀 그는 그들과 함께 일본에 다녀온 윤가기尹可基에게 이언진의 이름을 댔다. 윤가기는 짧고 굵게 말했다.

"기가 막히더군."

얼마 후 윤가기는 이언진이 일본에서 쓴 시 몇 편과 일기를 구해서 보여주었다. 결론만 말하자. 그는 깜짝 놀랐다. 이언진의 시는 기이하면서도 참신했다.[21] 이언진의 일기는 진솔하면서도 따뜻했다.[22] 그야

---

21. 이덕무가 정확히 어떤 시를 읽었는지는 모르겠지만 〈바다 구경을 하다(해람편海覽篇)〉일 가능성이 높다. 일부를 소개한다.
"(일본)사람들, 알몸에다 갓을 썼다. 독하게 쏘아대는 그들, 속이 전갈 같네. 일 터지면 죽 끓듯 요란 떨고, 모략할 땐 쥐처럼 교활하네."

22. 이덕무가 정확히 어떤 일기를 읽었는지는 모르겠다. 아마도 다음과 같은 일기일 가능성이 높다.
"꿈에서 부모님을 뵈었다. 부모님을 꿈에서 뵈었다! 곁을 떠난 지 벌써 한 해. 온갖 근심이 고슴도치 털처럼 몰려왔다. 마음을 굳게 먹고 자꾸 달라붙는 생각을 떨치려 한다. 주먹을 굳게 쥐고 일체의 근심을 물리치려 한다. 하지만 한밤중 나도 모르는 사이 눈물이 흘러 자국이 얼굴에 남았다. 혼과 정신이 녹아 없어진다. 이 그리움을 어떻게 하면 좋을까?"

말로 강바닥에 숨겨져 있던 금덩어리였다. 그는 쾌재를 불렀다.

'이 좁고 황폐한 조선 땅에도 이런 이가 있었구나.'

당신에게 특별히 주는 팁. 이 대목에서 그는 알고 성대중은 전혀 모르는 사실이 하나 있다. 이언진의 재능을 확신한 그는 그로서는 보기 드문, 과감한 행동을 했다. 박지원을 찾아가 이언진의 이름을 새로 만든 명함처럼 쑥스럽게 내밀었던 것. 박지원은 번쩍거리는 명함 내미는 그에게 어떤 반응을 보였나?

박지원은 짐짓 못 들은 척했다. 맺고 끊는 게 분명한 평소의 박지원답지 않게 흐흠 헛기침까지 하며 금시초문의 표정을 연기했다. 그러나 그는 안다. 그 모호한 반응이 바로 박지원의 답이라는 사실을. 못 들은 척 외면하고 헛기침하는 박지원의 태도가 말하는 바는 분명했다.

첫째, 이언진의 이름은 나도 들었소.

둘째, 그러나 이언진에 대해선 말하고 싶지 않소.

박지원은 이미 이언진에 대한 판단을 마치고 결정까지 내렸다. 과연 박지원은 박지원이다. 열흘 가운데 아흐레를 집안에 틀어박혀 있으면서도 모르는 게 없다. 하지만 그 또한 그다. 시와 문장의 감식에선 박지원에 뒤질 게 없다.(우리끼리 하는 말이지만 어떤 면에서는 앞선다고도 할 수 있다.) 입으로 말은 안 해도 박지원은 이언진에 대해 부정적인 평을 내린 게 분명하다. 그렇다면 그는 박지원을 설득해 이언진에 대한 판단을 재고하도록 만들어야 할 것이다. 우리 짐작에도 쉽지 않아 보인다. 나이는 많지 않아도 이미 거장의 지위를 획득하고 있는 박지원 같은 이가 한 번 내린 결정을 쉽사리 뒤집을 리는 만무하므로. 그럼 그에겐 어떤 전략이 있는가? 그보다도 과연 그는 전략가이기는 한가? 그렇다. 샌님처럼 보이는 그에겐 전략가적인 면모 또한 분명히 있다. 그는 '신중한' 전략가다. 그는 박지원의 말에서 본능적인 거부의 냄새를 맡았다. 그렇다면 신중한 전략가가 우선적으로 해야 할 일은 분명하다. 이언진의 무엇이 박지원의 심사를 꼬이게 만들었는지부터 파악해야 할 터.

즉각적으로 머리에 떠오른 이는 이용휴李用休다. 이용휴는 이언진의 스승이다. 남인이다. 남인을 경멸하는 박지원이니만큼 남인의 존경을 한 몸에 받는 이용휴를 미워하고 그 제자인 이언진을 미워한다는 논리는 어느 정도 설득력이 있다.[23] 그러나 단지 그 이유뿐이라면 박지원이라는 사람의 깊이와 폭을 무시하는 것이다. 박지원은 개천을 흐르는 물처럼 얄팍한 인간이 아니다. 육중한 몸처럼 생각도 깊고 넓다. 그러니 분명 무언가가 더 있다. 박지원을 불편하게 만든 무언가

---

23. 실제로 박지원은 당파성이 강한 사람이었다. 그렇지만 소론, 소북과도 두루 교우를 나누었다. 단 남인만은 예외였다.

가. 웬만해선 섣불리 결론을 내리지 않는 박지원의 마음을 완악하고 울퉁불퉁하게 만든 무언가가.

사람의 마음을 읽는 면에서는 그 누구보다 예리한 그로서도 그 이유만은 짐작할 수 없다. 박지원이 털어놓을 리 없으니 방법은 하나뿐. 그가 스스로 알아내야 한다. 그러려면 무엇을 해야 하나? 이언진을 만나야 한다. 이언진을 만나서 그이가 어떤 생각을 갖고 있는지를 들어야 한다. 그럼 문제는 다 해결되었다고 여길 수도 있겠다. 그가 이언진을 만나 전후사정을 들어보면 되니. 만약에 그랬다면 우리가 지금 이 이야기를 읽을 이유도 없을 터. 자료를 찾아보면 모든 게 다 밝혀져 있을 테니까. 결론부터 말하자면 그는 끝내(우리를 위해서는 다행히도) 이언진을 만나지 못했다. 왜냐고 묻는다면 이렇게밖에는 답을 하지 못하겠다. 그는 그런 사람이니까. 상대를 제대로 알기 전에는, 준비가 다 되었다고 느끼기 전에는, 해야 할 말을 분명히 찾기 전에는 결코 만나지 않는 신중한 전략가니까.[24] 포스트모던한 당신이 좋아하는 작가일 게 분명한 토마스 핀천 식으로 말하자면 '느리게 배우는 사람'이니까. 그래서 그는 어떻게 했나? 윤가기가 구해준 이언진의 시와 일기를 반복해 읽었다. 그냥 읽은 게 아니라 문장 하나, 단

---

24. 평생 둘도 없는 친구로 지낸 박제가朴齊家와의 만남이 좋은 예일 터. 이덕무가 박제가를 처음 만난 건 박제가에 대해 관심을 가진 지 2년이 넘어서였다. 돌다리를 두들겨 보고서야 건너는 사람은 그에 비하면 아무것도 아니다. 돌다리 앞에서 고민하고 또 고민하는 사람이 바로 이덕무.

어 하나에 집중하며, 그 문장과 단어를 쓴 이언진의 마음을 상상하며 읽고 또 읽었다.(한마디로 완벽한 독자라는 뜻이다!) 요약하자면 이언진을 깊게 이해하는 도중이었다. 그런데 느닷없이 이언진이 박지원에게 시 몇 편을 보냈고―그것도 여러 차례―박지원이 답까지 보냈다는 소식을 들은 것이다. 성대중이 그 결과를 요약해 전한다.

"박지원은 이렇게 말했소.

'오농의 가느다란 침[吳儂細唾]이니, 자질구레해서 진귀하게 여길 구석이 하나도 없네.'

그 말을 전해들은 이언진은 이렇게 대꾸했소.

'창부傖夫가 화를 돋우는군.'"

기억력이 특별히 뛰어나지는 않은 당신을 위해 성대중의 견해를 다시 인용한다.

오농의 가느다란 침, 곧 '오농세타'는 중국 강남 사람들의 말투가 유난히 간드러진 느낌을 준다는 데에서 나온 말이다. '창부'는 시골뜨기라는 뜻이다.

그렇다면 그의 생각은 어떠한가? 그는 우리에게 이렇게 말한다.

"사람들은 이 문답에서 지나치게 가혹한 평, 그리고 예상 밖의 혹평에 따른 즉각적인 감정의 분출만 읽을 것이다. 그렇지 않다. 그렇게

읽은 이들은 박지원을 제대로 아는 게 아니다. 문장을 제대로 아는
게 아니다."

언어에 능수능란한 그답게 현란한 어휘를 구사했으나 요약하자면
성대중과는 생각이 다르다는 뜻이다. 그가 아는 박지원은 일필휘지의
문인이 아니다. 문장에 쓰일 단어 하나를 놓고도 며칠씩 고르는 이가
바로 박지원이다. 고심 끝에 문장을 완성한 뒤에도 마음에 들지 않으
면 고치고 또 고치는 이가 바로 박지원이다. 그런 박지원이 '오농세타'
라는 단어를 단지 혹평을 위해 소비했다? 서당에 드나든 지 2년 3개
월밖에 되지 않은 개도 웃을 일이다. 단언컨대 '오농세타'에는 그 이
상의 의미가 있다! 그러나 이 대목에서 그의 눈길을 끈 건 이언진의
반응이다. '창부'라는 단어야말로 이언진의 안목과 깊이, 그리고 그의
문학적 연원을 분명히 알려준다. 이언진은 '오농세타'에 담긴 뜻을 정
확히 읽고 일부러 '창부'라는 단어를 골라 쓴 것이 분명하다.

그는 생각에 잠긴다. 이언진의 답은 얼추 이해가 된다. 느닷없이 날
아온 화살을 맞고 가만히 있을 이는 없다. 이언진처럼 똘기로 똘똘
뭉친 인간이라면 더더욱 그렇다. 문제는 박지원이다. 20세기 후반에
태어났으면 심리학자 내지 상담자로 유명세를 떨쳤을지도 모를 그가
이 대목에서 도무지 알 수 없는 건 박지원이다. 박지원은 도대체 왜
'오농세타'라는 격렬한 답을 골라 썼을까?

물론 박지원은 호불호가 명확한 사람이다. 자신이 좋아하는 사람

에겐 마음을 열어 내장까지 보여주고 자신이 싫어하는 사람에겐 한 겨울 금강산의 냉기를 뿡뿡이처럼 뿡뿡뿡 뿜는다. 유한준兪漢雋의 예를 드는 게 좋겠다. 고문古文을 전범으로 삼아 글을 쓰는 유한준이 (그러니까 굳이 분류하자면 의고파라 할 수 있는) 박지원에게 글을 보내고 평을 요청한 적이 있다. 박지원은 편지로 답을 주었는데 긴 내용은 한 줄로 요약이 가능하다.

못생긴 여인이 절세미인 서시 흉내를 내며 얼굴을 찡그리는 격이올시다.

박지원이 모든 이에게 엄격한 잣대를 적용하는 것은 아니다. 자신과 신분이 비슷한 이른바 경화세족들에게만 그럴 뿐이다. 그와 같은 서얼들, 혹은 그 이하 신분의 사람들에게는 웬만해서는 심한 말을 하지 않는다. 그가 처음 박지원을 찾아갔을 때도 그랬다. 박지원은 초면이면서도 십 년 넘게 보아온 사람처럼 팔 벌리고 환대했다. 그런 박지원이 일의 사태에 비하면 지나치게 날카로운 비판을 일개 역관인 이언진에게 가한 것이다. 이용휴의 존재를 더한다 해도 너무 심한 발언이다. 도대체 왜 그런 걸까? 박지원이 유독 이언진에게만 심하게 대한 이유가 도대체 뭘까? 아, 심증은 있다. 그러나 그는 침착하고 신중한 사람이다. 일단 잡은 화두를 놓고 적어도 사나흘은 고민해야 직성이 풀리는 사람이다. 그러니 지금 그에게서 그 이유를 들으려는 기대는 포기하는 게 좋다.

"내 꼭 박지원 그 사람을 좋아하는 건 아니지만 그렇더라도 이번 일에 대한 박지원의 반응은 어느 정도 이해가 가기는 합니다. 이언진이 사람, 생각보다 경망스러운 구석이 많소."

성대중의 목소리는 나비처럼 나긋나긋하다. 그러나 말의 내용은 뱀의 이빨이다. 성대중을 비난하는 게 아니다. 그냥 성대중에게도 그런 면이 있다는 것이다. 온화하기로 소문난 성대중이라고 독기가 없을 리는 없다. 사람 좋음으로만 승부했다면 지금처럼 '성공'했을 리 없다. 사람들이 그런 면을 잘 모르는 건 성대중이 독기를 온화함으로 잘 포장했기 때문일 터. 포장은 가끔 벗겨진다. 성대중이 그에겐 유독 속내를 잘 보인 탓에 그는 성대중의 민낯을 여러 번 목격했다. 그렇기는 해도 성대중은 근본적으로는 포장 기술자다. 성대중은 제어가 풀렸을 때마다 곧바로 고개 숙이고 얼굴을 붉히며 자신의 실수를 인정했다. 지금은 아니다. 성대중의 얼굴은 백짓장처럼 하얗다. 들었다는 의미로 그가 턱을 까딱하자 성대중은 작심한 듯 포장을 풀고 거친 속내를 노출한다.

"이언진의 진가를 처음으로 알아본 사람은 나라고 해도 과언이 아닙니다. 일본으로 가는 배 안에서 지은 시 〈바다 구경을 하다〉를 보고 난 첫눈에 이 사람이 대단한 시인이 될 가능성을 지녔다는 사실을 알아보았소. 다만."

"다만 무엇입니까?"

"다만, 한 가지 마음에 걸리는 게 있습디다. 사람이, 사람이 약간 경망스러웠소. 그 시라는 거, 그거 어떻게 지은 건지 아시오? 삼사와 서기들이 모여 유희 삼아 시를 지으니 그게 샘이 나서 혼자서 시를 지은 거라오. 뭐 그럴 수도 있겠지요. 그렇게 해서라도 자기 실력을 보이고 싶었을 테니. 하지만 그래서는 안 되지요. 시 짓는 자리에 끼워주지 않는다고 압물통사 직위의 역관이 분통을 터뜨리다니 그게 말이나 됩니까? 나한테 통역할 기회를 안 준다고 툴툴거리는 것과 뭐가 다르답니까?"

성대중은 잠시 말을 멈춘다. 그는 성대중의 비유가 썩 훌륭하다고는 여기지 않는다. 그래서 그는 그저 고개 한 번 끄덕이고 다음 말을 기다린다.

"다시 말하지만 난 꽤 공정한 사람입니다. 사람은 사람이고 시는 시니. 그래서 시는 칭찬해주었고, 경망한 태도에 대해서는 주의를 주었소. 그 정도로 말했으면 그 뒤로는 조금이라도 바뀌어야 마땅하겠지. 그런데 이 사람은 별로 바뀌지를 않았습니다. 바뀌기는커녕 잘해주면 잘해줄수록 더 심해졌소. 가장 나를 화나게 한 게 뭔지 아시오?"

"무엇입니까?"

"자꾸만 내 말을 끊고 얼굴을 찌푸렸소. 일본의 문인들은 겉보기엔 그럴싸해도 실은 원숭이와 다를 바 없으니 무턱대고 잘 대해주지 말라 넌지시 이르고 그 이유를 상세히 설명하려 하면 그래도 저들은 어쩌고저쩌고하며 손사래부터 쳤소. 시가 좋기는 하나 너무 과격하고 음울한 구석이 있기에 그러지 말고 좀 부드럽고 따뜻한 시를 쓰라 일렀더니 이번에는 아예 언성을 높이고 달려드는 게 아니겠소? 그런 걸 보면 꼭 아이 같은 게……"

어, 예,라는 말로 적절하게 대꾸하며 듣고 있기는 하지만 속이 편하지는 않다. 아침부터 남의 험담을 듣고 있기가 불편하기도 하거니와 이언진이 보인 반응에 그 또한 어느 정도는 공감하기 때문이다. 성대중은 '대체로' 훌륭한 사람이다. 스스로는 입지전적인 인물로 여겼을 수 있겠다. 서얼이면서도 과거에 급제해 관직까지 얻었으니까. 그 또한 서얼로서, 그것도 방구들 온도만 높이고 있는 서얼로서 성대중의 예외적인 성취에 대해 토를 달고 싶지는 않다. 다만 그 이후 성대중은 조금은 고리타분한 사람이 되어버렸다. 고리타분? 부족하다. 충고의 화신이라는 말을 덧붙이는 게 좋겠다. 자신의 능력을 과신한 나머지 상대의 빈틈을 지적하지 않고는 못 견뎠다. 그것도 한두 마디면 될 것을 지나치게 길게 늘여 이야기하는 버릇을 지닌(당신은 중언부언이라 소리친다! 어딜 가나 이런 인간은 꼭 있다고 외친다!) 고리타분한 충고의 화신이 되었다. 이언진이 못 견딘 건 아마도 성대중의 그런 장광설일 터. 자신에 대해 잘 알지도 못하는 성대중이 논리도 닿지 않는 엉뚱한 잔소리를 해댄다고 느꼈을 터. 그러나 다시 말하지만 그는 자신의 못마땅한 속내를 말은 고사하고 손가락 끝의 움직임으로도 드러내는 사람이 아니다. 그는 살짝 웃으며 성대중의 이야기가 이어지기를 기다린다.

"이번 건도 그렇소. 이언진은 무엇보다도 심부름꾼의 손에 시를 보내지 말아야 했소. 병에 걸려 쓰러지지 않은 이상, 아니 행여 병에 시달리고 있더라도 자신의 비쩍 마른 몸을 이끌고 시를 두 손으로 받들며 박지원을 찾아가야 했소. 소맷자락에는 인삼 한 뿌리라도 넣어 가야 했소."

인삼 한 뿌리는 좀 너무 많이 갔다 싶다. 어쨌건 성대중이 말하고자 하는 바는 이언진의 행동이 격식에 어긋났다는 것이다. 예를 제대로 차리지 않았다는 것이다. 그렇다면 그는 이에 대해 어떻게 생각하는가?

그는 동의하지 않는다. 격식과 예의가 일정 부분 작용했을 수도 있다. 태도를 중히 여기는 박지원의 눈에 그 부분이 걸렸을 수도 있다. 그러나 그건 말 그대로 일정 부분이고, 더욱 근본적인 무언가가 있다. 성대중은 지나치게 표피적으로 접근하고 있다. 겉모습에 사로잡혀 핵심을 바라보지 못하고 있다. 그러나 그는 이렇다 저렇다 말하지 않고 들었다는 표시로 고개만 까딱한다.

"그건 그거고…… 아무튼 내가 아끼는 이언진이 박지원에게 혼쭐이 난 걸 보고 그냥 있을 수는 없었습니다. 그는 날 무시해도, 아니

날 미워해도, 난 내 할 일은 하는 사람이니깐. 책임이 뭔지 아는 사람이니깐. 무엇보다도 상심이 컸을 테니 그 마음부터 좀 위로해주고 싶었소. 그래서 편지를 써서 꿩고기와 함께 보냈습니다."

"무슨 내용을 썼습니까?"

"별거 아니오. 박지원은 원래 삐딱한 사람이니 그의 말은 신경 쓰지 마시오,라고 썼소."

"그게 다인가요?"

"그건 아니지."

"그럼?"

"새로 쓴 시 몇 편을 보내달라고 살짝, 살짝 덧붙였을 뿐이지요. 내 말했지 않소? 별건 아니라니깐."

성대중은 고개를 살짝, 돌리고 손으로 수염을 쓰다듬는다. 내내 참은 그이지만 이번에는 한마디 하고픈 강렬한 유혹을 이기기가 어렵다. 별거 아니라고요? 정말로 그리 생각하십니까?

성대중은 파벌과는 무관한 사람이다. 남들이 뭐라 하든 그저 자기 갈 길만을 가는 사람이다. 시나 문장을 곧잘 쓰면서도 그와 박지원 등이 주관하는 모임에는 얼굴을 거의 비추지 않는다. 물론 그 이면에는 박지원이 자신의 글을 높이 평가하지 않는다는 사실에 대한 날카로운 자각이 자리하고 있다. 그런 그가 이언진에게는 지나칠 만큼 많은 관심을 보이는 게 조금은 기이하다. 성품을 따라 무난하고 둥글

둥글한 그의 글은 이언진의 예민하고 날카로운 글과는 비슷하지도 않다. 그러나 그는 이번에도 입을 열지 않는다. 생각은 머릿속에만 담아두고 성대중의 얼굴을 본다.

"그런데 뭐라 답장이 왔는지 압니까? 여기, 여기 좀 보시오.

이불을 끌어안고 앉았노라니 사방이 적적한데 심부름꾼이 갑자기 편지를 가지고 왔습니다. 편지를 읽는 **상처딱지를 즐겨 먹는 벽**[25]이 이렇게까지 심하셨구나 하고 탄식을 했습니다.

아무리 좋게 해석하려 해도 속에서 끓어오르는 열불을 참을 수가 없었소. 자신에게 손을 뻗어 도움을 주려는 사람한테 이 무슨 망발입니까? 내가 무슨 배고파서 눈에 띄는 건 아무거나 입에 넣는 거지 아이라도 된답니까? 이런 일을 당하고 보니 그대밖에는 생각이 나지 않더군요. 그래서 내 아침부터 실례를 무릅쓰고 여기까지 오게 된 것이라오."

그는 자기도 모르게 입가에 웃음을 머금는다. 이언진은 그가 생각한 것보다 더 특이한 사람임이 분명하다. 자신의 시를 달라는 사람에게 상처딱지를 즐겨 먹는 벽이 있다며 놀려대다니 보통 배짱이 아니

---

25. 이언진은 '기가지벽嗜痂之癖'이라 썼다. 송나라 유옹柳邕이 상처딱지를 즐겨 먹었다는 고사에서 유래한다. 세상엔 우리가 믿기 어려울 정도로 특이한 인간이 참 많은 법이다.

다. 하긴 박지원에게 보낸 답장 또한 예사롭지는 않았다. 그러나 배짱이 좋다는 건 위험하기도 하다. 더군다나 이언진은 역관이다.(시대는 조선 시대고!) 이언진의 의지와는 관계없이 눈 깜짝할 사이에 일이 잘못되어 버릴 수 있다. 그의 마음이 괜히 급해진다. 《논어》로 얻은 평온이 한순간에 사라진다. 등짝이 본격적으로 서늘해진다. 이건 보통 문제가 아니다. 그도 여유롭게 자리를 지키며 생각, 또 생각만 하고 있을 수는 없다. 그로서는 드문 결심을 한다. 다른 때보다 조금, 조금 더 서둘러 움직여야겠다고 마음을 먹는다.

"그대마저 나를 비웃는 거요?"

"무슨 말씀을. 그렇지 않습니다. 편지 내용이 좀 심하긴 하군요."

잠시 발끈한 성대중은 이내 하아 한숨을 쉰다.

"미안하오. 꼭 아이 같지요? 이렇게까지 투덜대려던 건 아니었소. 한강에서 뺨 맞고 괜히 그대에게 화를 내고 있구려."

성대중은 빙긋 웃으며 그의 손을 잡다가 깜짝 놀란다.

"어이쿠, 손은 왜 이리 차오? 아까부터 좀 춥다고 느끼긴 했소만 그대의 몸은 더 차갑구려. 아랫목도 다 무너져 이리 기울어져 있으니 따뜻할 리가 없지. 밖은 봄인데 방 안은 오히려 겨울이구려."

"견딜 만합니다."

"몸도 신경 써가며 책을 읽으시오. 이러다 몸 버리는 건 한 순간입니다."

"명심하겠습니다."

"그리고 한마디 더 하자면 그대는 분명 앞으로 크게 쓰일 것이오. 사람들을 만날 때마다 그대 이야기를 빼놓지 않고 있습니다. 내가 뭐 대단한 영향력이 있는 사람은 아니지만 그렇다고 아무런 영향력이 없는 사람도 아니니. 그러니 너무 조바심 갖지 말고 조금만 더 기다리시게나."

"말씀만으로도 고맙소이다."

성대중은 귤껍질차를 한 모금 입에 털어놓고 입술을 움직이며 천천히 자리에서 일어난다. 그는 성대중을 따라 일어나며 묻는다.

"그래서 어떻게 할 작정입니까?"

"어떻게 하긴. 다시 편지를 보내야지요. 시라도 갖고 있어야 어떻게든 손을 쓸 수 있을 테니. 이왕 편들어주기로 한 것, 비록 상대가 내 마음을 몰라주더라도 끝까지 도와주는 게 군자의 도리가 아니겠소?"

그는 사립문 밖까지 나가서 성대중을 배웅한다. 천천히 걸어가던 성대중이 몇 걸음 못 가 뒤돌아보며 손을 흔든다. 성대중의 얼굴이 어딘가 안되어 보인다. 그는 입술을 살짝 깨물곤 성대중에게 손을 흔든다. 그는 끝까지 성대중에 대한 예의를 차린다. 성대중의 뒷모습이 보이지 않게 될 때까지 자리를 떠나지 않는다. 성대중이 완전히 사라진 뒤에는 빈 공간을 향해 살짝 고개를 숙여 보이고서야 돌아선다. 주위를 둘러보던 그의 눈에 거리의 복사나무가 들어온다. 그는 깜짝 놀란다. 유독 하나의 가지에만 복사꽃들이 새로 피었다. 어제 없던 복사꽃들이 하루 만에, 그것도 하나의 가지에서만 새로 피었다. 활짝은 아니나 분명 피었다. 필운대에 살구꽃이 한창이라는 소식은 들었어도 도화동에 복사꽃이 피었다는 소식은 아직 못 들었다. 복사꽃이 피기엔 아직 이른데, 다른 가지의 꽃망울들은 잠잠한데 녀석들은 뭐가 그리 급했던 걸까? 하나 미리 보는 복사꽃은 아름답다. 여려서 더 아름답다. 홀로라 더 아름답다. 그는 태어나서 처음으로 복사꽃을 보는 아이처럼 빙긋 웃으며 그 자리에서 움직일 줄을 모른다.

4

이언진의 골목길

당신이 혐오하는 똥 이야기로 시작한다. 꼭 필요한 내용이지만 혹여 당신이 홱 고개를 돌릴까 싶어 고민, 고민하다 이제야 꺼낸다.

사립문을 열고 밖으로 나선 그가 뱀 허물 보고 놀란 토끼처럼 펄쩍 뛴다.

이미 언질을 주었으니 이유는 짐작할 수 있을 터. 그가 놀란 건 개똥 때문이다. 작은 삼층탑 모양의 성불한 개똥이 보란 듯이 골목길 한가운데를 점령하고 있다. 골목길에 살아본 적이 있다면 새삼스럽지는 않으리라. 골목길은 골목길이다. 하여 골목길엔 사람만 살지 않는다. 천장엔 쥐가 살고, 거리엔 개가 산다. 벼룩, 이, 똥, 오줌도 함께 산다. 더럽다고 외면하지 말 것. 장점도 있으니. 골목길 사람들은 점을 칠 필요가 없다. 똥을 밟으면 재수 없는 것이고, 피하면 재수가 좋은 것이다. 점치는 방법치고는 간명하고도 효과적이다. 게다가 공짜다. 오늘 그는 재수가 좋다.

재수 운운하기 위해 똥 이야기를 꺼내지 않았으리라는 것 정도는 당신도 알리라. 그렇다. 똥은 사실 철학에 적합한 사물이다. 그는 서너 걸음 걷다가 멈추어선 고개를 돌려 개똥을 본다. 개똥을 보며 눈에 힘을 준다. 왕양명이다. 주자가 말한 격물치지의 개념을 이해하기 위해 대나무를 노려보았다던 그 왕양명을 생각하며 스스로에게 묻는다.

'대나무 대신 개똥이면 어땠을까?'

그의 질문에 대해 고민해보자. 대나무도 사물이고, 개똥도 사물이니 안 될 건 없다. 왕양명, 개똥을 보고 주자의 이론이 틀렸음을 깨닫다! 진리는 개똥에 있지 않고 개똥을 개똥으로 보는 마음에 있다! 성즉리가 아닌 심즉리! 흥미로운 견해가 아닐 수 없다. 그랬더라면 양명학은 오늘날 어떻게 되었을까? 더럽고 냄새나는 개똥이었다면 고고한 주자학과의 차별점이 더욱 명확하게 드러나지 않았을까? 물론 양명학을 전하는 이들은 적지 않은 곤란을 겪었을 것이다. 말끝마다 개똥을 언급해야 하니 손가락에서는 저절로 개똥 냄새가 나고 머리에서는 개똥 탑의 형상이 떠나지 않았을 것이다. 하나 양명학자들은 골목길의 사람들이 아니다.(개천에서 철학자가 태어날 수는 없으니까.) 나면서부터 학문을 한 이들이다. 그랬기에 뜰에서 자라는 대나무를 보며 격물, 치지, 성의, 정심을 고민했으리라. 그런 그들의 손가락 끝에서 개똥 냄새가 나고 머리에서 개똥 탑의 형상이 떠나지 않는다? 아무래도 그건 곤란했으리라. 상갓집 개[26]까지는 괜찮지만 개똥에 이르면 조금 곤란했으리라. 철학의 길이 따로 없다. 골목길 개똥 하나가 왕양명과 공자까지 이어진다. 말 그대로 개똥철학이 되었다. 우리의 문장을 읽기라도 한 듯 그가 혼잣말을 한다.

"격물치지? 개똥이다. 성의정심? 개똥이다."

갑작스러운 목소리가 들린다. 비키시오. 앞을 보니 말 한 마리가 코앞까지 다가와 있다. 재빨리 몸을 비키지 않았더라면 제대로 욕을 볼 뻔했다. 미친 놈 소리와 함께 말발굽 소리가 멀어진다.

아크로바틱 수련자에 가까운 몸동작을 선보인 그는 벽에 몸을 기대어 잠시 호흡을 가다듬는다. 갑작스런 수난을 당한 그를 당신이 위로할 필요는 없다. 골목길이란 원래 그런 곳이다. 똥과 오줌, 벼룩과 이, 수다와 욕설, 말발굽 소리와 미친개의 울부짖음이 공존하는 곳이다. 그 속에서 철학이 생겨나고 시가 만들어진다. 그 골목길이 바로 그가 몸 붙이고 사는 곳이다. 불행에 대한 색다른 해석도 골목길에서는 가능하다. 말발굽도 피했으니 오늘의 재수는 정말로 좋다. 대길. 운수대통.

다시 발걸음을 재촉하는데 이번에는 덩치 큰 남자 셋이 맞은편에

---

26. 상갓집 개가 공자라는 사실 정도야 당신도 능히 알고 있을 터.

서 걸어온다. 그들은 그를 보며 살짝 눈인사를 하고 그 또한 똑같은 방식으로 화답한다. 셋의 용모는 특이하다. 하나는 털보, 하나는 곰보, 하나는 혹부리다. 처음 보는 이들이다. 그들을 지나치는데 그중 누군가가 귀에 대고 뭐라 말하고 지나간다. 털보일 수도 있고 곰보일 수도 있고 혹부리일 수도 있다.[27] 누군가 말하고 지나갔는데 짧은 순간이라 누군지는 잘 모르겠다. 그 말이라는 것도 이상하다. 알아들을 수 없는 말이다. 조선어도 아니고 일본어도 아니고 중국어도 아니다. 왠지 섬뜩하다. 고개를 돌려 뒤를 본다. 허어 웃음소리가 들린다. 그러나 소리만 있을 뿐 그들은 사라지고 없다. 꼭 꿈의 사람들처럼.(그렇다. 암시다. 그러니 당신은 이들을 기억해야 한다.)

고개를 한 번 젓고 몇 걸음 더 나아간다. 수의사 장 씨가 호통 치는 소리가 들린다. 보아하니 눈치 없는 여종이 뭔가 또 실수를 한 모양이다. 장 씨도 대단하고 여종도 대단하다. 장 씨는 모자란 여종에게 지치지도 않고 혼쭐을 내고 모자란 여종은 같은 실수를 쉬지도 않고 반복한다. 하긴, 그러니까 골목길 사람들이다. 웃음을 머금는데 갑자기 돌멩이 하나가 날아든다. 재빨리 허리를 굽히고 돌멩이가 날아온 방향을 본다. 아이들 몇 놈이 산발한 늙은 거지를 괴롭히고 있다. 약한 존재라 폭력을 쓰지 않는다 생각하면 그건 큰 오산이다. 골

---

27. 이언진은 이렇게 썼다.
　"이상하고 못 생긴 세 사람, 털보, 곰보, 혹부리. 지나간 후 눈에 어리네. 늘 봐도 모른 척하건만."

목길은 책상물림 논어의 이치로 돌아가지 않는다. 아이들은 어른들의 거친 행동을 통해 삶의 생생한 이치를 배운다. 그는 다른 골목길로 접어든다. 시장 통이다. 골목길의 시장은 장날이 없다. 매일 먹고 살아야 하니 매일 시장판이 벌어진다. 상인들 몇몇이 눈인사를 한다. 골목길에 거주하는 이들이다. 겉보기엔 멀쩡하나 독한 이들이다. 쌀에 모래를 섞는 건 기본이고, 손님에 따라 양과 가격을 마음대로 정한다. 눈 감으면 코 베어간다는 속담은 골목길에서는 진리다. 유유자적 걸음을 옮기던 그는 큰길이 보이는 곳, 그러니까 골목길의 끝에서 멈추어 선다. 골목길 투어도 끝났으니 이제 결정을 할 때가 되었다. 스스로에게 묻는다.

'자, 이제 나는 어디로 가야 하는 걸까?'

딱히 갈 곳이 있어서 나선 길은 아니다. 얼굴 보자고 하는 이가 있어서 나선 길도 아니다. 책 빌려준다고 말한 이가 있어서 나선 길은 더더욱 아니다. 아내와 아이와 함께 있어야 하는 좁은 방을 오늘은 유난히 견딜 수 없어 시 하나 품고 나섰을 뿐이다.

큰길은 확실히 골목길보다 더 분주하다. 그러나 큰길은 골목길처럼 그의 마음을 빼앗지는 못한다. 마음 둘 곳이 없다. 그만의 묘책을 쓴다. 눈을 감았다 뜨는 것. 한 번의 눈 깜빡임으로 사물에 빼앗겼던 마음이 서서히 고요를 찾아간다. 그런데 그렇지가 않다. 고요는 착각이었다. 고요를 깨고 박지원 생각이 난다. 박지원이 보낸 짧은 답이 생각난다.

'**오농의 가느다란 침**[吳儂細唾]이니, 자질구레해서 진귀하게 여길 구석이 하나도 없네.'

서너 번의 시도 끝에 결국 그 짧은 답 하나만을 받은 그는 어떻게 했던가? 화를 참지 못하고 소리를 질렀다.

'**창부傖夫가** 화를 돋우는군.'

충실하고 냉정한 심부름꾼은 그 말을 그대로 전했을 것이다. 벌써 몇 번을 언급했으니 당신도 이 문답에는 익숙해졌을 것이고. 하지만 성대중과 이덕무는 물론이고 심부름꾼을 보낸 당사자인 그 또한 모르는 사실이 하나 있다. 심부름꾼이 전한 건 창부 운운한 문장 하나만이 아니었다. 무슨 말인가? 그는 심부름꾼이 사립문을 나서기 전 갑자기 감정이 복받쳐 울먹이며 혼잣말을 했다.

"내가 이런 세상에 어찌 오래 살 수 있겠는가."

충실하고 냉정한 심부름꾼에게 그 말을 전해들은 박지원은 그로서는 드물게 깊은 한숨을 쉬며 슬픔의 감정을 보였다. 심부름꾼이 박지원의 한숨과 슬픔을 그에게 전했느냐고? 아니다. 한숨과 슬픔은 언어가 아니므로 우리의 충실하고 냉정한 심부름꾼은 아무것도 전하지 않았다. 그래서 그는 이렇게 믿는다. 자신의 말에 대한 답장을 박지원은 아예 보내지 않았다고. 사실 이 부분은 아무것도 아닐 수 있다. 박지원이 거부 의사를 분명히 한 다음의 일이므로 전체 사태에서는 그리 중요한 부분이 아닐 수도 있다. 그러나 후세의 사람들인 우리는 그렇지 않다는 사실을 실은 잘 알고 있다. 몸짓 하나, 표정 하나의 의미도 적지 않다는 사실을 잘 알고 있다. 다시 말하지만 이건 우리만 아는 부분이다. 성대중도, 이덕무도, 그도 모르는, 우리만 아는 부분이다. 그래서 그는 박지원에 대해 이렇게 생각한다.

'물론 그자에게서 그 말에 대한 답은 오지 않았다. 아마도 답할 필요가 없다고 여겼으리라.'

그는 허어 웃는다. 허어 웃으며 스스로에게 묻는다.

'나는 왜 그자에게 시를 보냈나?'

박지원에게 시를 보낸 것, 엄밀히 말하면 그 혼자서 결정한 사안은 아니다. 이용휴의 개입이 있었다는 뜻이다. 물론 개입이라 말할 수 있을지는 확신이 서지 않는다. 판단은 당신에게 미루겠다.

박지원에게 평을 받겠다고 했을 때 이용휴는 아무 말도 하지 않았다. 이용휴는 그의 하나밖에 없는 스승이다. 가르쳐준 스승이 아니라 알아봐준 스승이다.(그러니 진짜 스승이다.) 몇 해 전 그는 시 몇 편을 들고 이용휴를 불쑥 찾아갔다. 달처럼 맑은 눈망울을 지닌 이용휴는 그가 누구인지 무엇을 하는 사람인지 묻지 않았다. 안으로 들이곤 그저 소리 없이 시만 읽었다. 그리 길지도 않은 시를 경전 읽듯 꼼꼼히 오랫동안 읽었다. 시를 다 읽은 후엔 그의 얼굴을 한참 바라보았다. 이용휴는 선사처럼 씩 웃으며 벽을 만졌다.

"자네는 이 벽과 같은 사람이네."

무슨 뜻일까? 그가 말없이 바라보자 이용휴는 정 그렇다면 어쩔 수 없지, 하는 표정으로 짧은 설명을 덧붙였다.

"사람이 벽을 건너거나 넘을 수 있을까?"

"없습니다."

"자네가 바로 벽일세."

그는 이용휴가 있었기에 지난 몇 년을 외롭지 않게 보냈다. 조선 하늘 아래에서 처음으로 자신을 알아준 스승을 그는 한시도 잊은 적이 없다. 이용휴는 그의 육신이 어디에 있건 늘 그의 곁에 존재했다. 그는 벼룻물 담는 연적에 '눈물 하나로 구슬 하나 만들어 오직 지기에게만 봉헌하리!'라는 시구를 새겨 이용휴를 생각했다. 일본으로 가는 배 안에서는 스승에게 바치는 긴 시를 지어 이용휴를 기렸다.[28] 일본 문인들과 필담을 나눌 때에도 자신의 스승은 이용휴 하나뿐임을 밝히는 걸 잊지 않았다.[29] 그런데 왜 그는 이용휴를 골목길 개 취급하는 박지원에게 시를 보낼 결심을 했나? 이용휴의 이름조차 입에 담기를 꺼리는 박지원에게 말이다. 도대체 왜? 왜? 왜?

박지원에게 시를 보내겠다고 했을 때 이용휴는 잠시 생각한 후 이

---

28. 이언진은 이렇게 썼다.
   "우리 스승 나더러 사람들에게 고하라기에, 목탁 치며 선포하는 대신으로 이 시를 지었네."
29. 이언진은 이렇게 썼다.
   "제 스승은 탄만 선생(이용휴)인데 문장이 천고의 으뜸입니다."

렇게 말했다.

"벼슬이나 재물처럼 허무한 건 없네,

아침에 얻었다 저녁에 잃을 수 있으니까.

시나 문장은 좀 다르다네,

한 번 소유하면 조물주도 쉽사리 뺏을 수 없으니까.

그러니 이는 진정한 소유라 말할 수 있지."

그가 의미를 생각하는 동안 이용휴는 벽을 매만지며 결론을 지었다.

"자네는 이미 소유하고 있네."

이용휴의 뜻은 명확했다. 이미 소유하고 있는데 무엇을 더 원하느냐는 뜻이었다. 아마도 그는 스승의 뜻을 제대로 알아들었다고 생각했으리라. 그러나 웬걸, 이용휴의 충고는 그것으로 끝나지 않았다.

"무엇보다도 자기를 이기는 공부를 해야 한다네.

천리가 있다는 건 누구나 알지.

인욕이 있다는 것 또한 누구나 알지.

알면 뭐하는가?

천리를 보존하고 인욕을 제거하는 공부가 없으면 아무 소용이 없지."

준엄한 훈계였다. 헛된 욕심 부리지 말고 마음부터 돌아보라는 진실한 훈계였다. 스승답지 않게 조금 평범한 훈계였지만 그래도 따끔한 바늘 역할을 하기엔 충분했기에 그는 이 대목에서 박지원에게 시를 보내려는 마음을 완전히 접었을 것이 분명하다. 그러나 웬걸, 이용휴의 충고는 그것으로 끝나지 않았다. 이용휴는 씩 웃으며 한마디 더 덧붙였다.

"한 구간을 가야만 비로소 한 구간을 알 수 있다네.

갈림길에 이르렀으면 의심하고 질문을 던져야 한다네.

그래야 그다음 길을 찾을 수 있지."

묘한 말이었다. 하지만 스승이 말하고자 하는 바는 명확했다.

'한 구간을 가야 다음 길을 찾을 수 있지. 그러니 가보게나.'

스승의 그 말에 그는 결정을 내렸다. 그래서 박지원에게 시를 보냈고 지금 그는 골목길 끝에 서서 큰길을 보고 머리 큰 데카르트처럼 회의, 또 회의하기에 이르렀다. 지금 그는 스스로에게 다시 묻는다.

'스승이 끝내 나를 말렸다면 어찌했을 것인가?'

당신에게 묻고 싶다. 그랬다면 그가 정말로 (문단의 총아인, 유명한) 박지원에게 시를 보내려는 마음을 접었을 것인가? (재야의 리더인, 무명의) 스승만 바라보며 평생을 살았을 것인가? 그렇다고 답하기는 쉽지 않으리라. 그렇다. 그 또한 그 말이 자신의 입에서는 결코 나오지 않으리라는 사실을 잘 알고 있다. 수모를 당했음에도 그 당연한 말이 결코 나오지 않으리라는 사실을 그는 잘 알고 있다.

누군가 그의 손을 툭툭 친다. 깜짝 놀라 시선을 준다. 거지 아이다.(당신은 이 거지 아이도 머리에 담아두어야 한다.) 해뜨기 무섭게 골목길에 나타나 해 지면 어디론가 사라지는 거지 아이다. 거지 아이에 대한 그의 태도는 명확하다. 푼돈이 있으면 주었고 없으면 주지 않았다. 지금 그에겐 아무것도 없다. 그가 고개를 젓자 아이는 미련 없이 돌아선다. 그러다 다시 돌아보더니 손가락질을 하며 큰 소리로 외친다.

"불쌍한 놈이로구나!"

가슴이 뜨끔해서 아이의 손가락이 향한 곳을 본다. 관리를 태운 가마 하나가 먼지 풀풀 날리며 지나간다.[30] 거지 아이가 있던 곳을 본다. 없다. 흔적도 없다. 아, 아이의 담대함이 참으로 부럽다!

그는 곰곰 생각한 후 큰길에 발을 내딛는다.

이제 갈림길로 가야 할 시간이다.

---

30. 이언진은 이렇게 썼다.
　　"배고프면 밥 먹고 배부르면 쉬고, 큰길에서 웅크리고 잔다. 거지 아이는 승지더러 불쌍하다 한다. 왜? 눈 오는 새벽에도 쉬지 못하고 일하러 나간다고."

5
성대중의 골목길

사립문 앞으로 다가가려는데 갑자기 바나나라도 밟은 것처럼(우리
는 바나나가 아니라는 사실을 안다.) 몸이 휘청한다. 사립문을 짚지 않
았더라면 더러운 골목길 바닥에 큰 대 자 하나가 새롭게 새겨졌을
것이다. 큰 불행은 피했으나 작은 불행은 피하지 못했다. 무슨 소리인
가? 바닥에 큰 대 자 새기는 건 간신히 면했으나 대신 신발은 개똥
범벅을 면하지 못했다는 뜻이다.(성불한 개똥 탑의 장엄한 소멸이여!)
골목길 입구에서 만난 거지 아이 때문에 이미 기분이 상한 참이라
온화하던 그의 얼굴도 사정없이 일그러지고 만다. 거지 아이는 맹랑
했다. 말도 없이 손을 내밀기에 사람 좋은 그는 동전 한 푼을 꺼내들
고 훈계를 했다.

"내 동전을 주기는 주겠으나 너에게 한마디는 해야겠다. 네 사정이

어려운 줄은 짐작한다만, 너의 잘못이 아니라는 사실도 안다만, 그래도 아무 노력도 없이 구걸해 먹고사는 것은……."

거지 아이는 이덕무가 아니었다. 조선 천지에 이덕무 같은 예의범절을 갖춘 이는 이덕무밖에 없다. 날쌘 동작으로 동전을 빼앗은 거지 아이는 "미친 놈 지랄하네."라는 냉철한 평론과 히히히 비웃음만 남기곤 그대로 달아났다.

똥이라니. 그는 급한 대로 바닥에 신발을 문질러 개똥을 털어낸다. 기분이 더럽다. 자신이 똥이 된 느낌이라고나 할까. 까르르 웃음 소리가 들린다. 비웃음은 아니다. 듣기만 해도 기분이 좋아지는 웃음이다. 열린 사립문 사이로 서너 살 된 아이 얼굴이 보인다. 그 아이가 툇마루에 앉아 자신을 보며 까르르 웃고 있다. 여인네의 곱상한 얼굴이 나타났다 사라지더니 멸치처럼 마른 남자 얼굴이 갑자기 쑥 나타나 그를 맞는다.

"봉상시 판관 어르신 맞으시지요?"

"맞소. 그런데 나를 어찌 아오?"

"왠지 그런 느낌이 들어서요. 저는 이언로李彦瑻입니다."

이언로? 이언진과 체구도 비슷하고 얼굴도 비슷하다. 조금 어려 보이는 것만 다를 뿐이다.

"동생이시로군."

"그렇습니다."

"말씀 많이 들었소. 그런데 형은?"

"형은 아침 일찍 외출했습니다."

"어디로?"

"그건 잘 모르겠습니다."

뜻밖의 사태에 그는 혼자서 중얼거린다.

"여안의 봉[31]이로군."

"네?"

이언로의 물음을 듣고서야 실수를 깨닫는다. 왜 그런 말이 튀어나왔는지 도무지 모르겠다. 대놓고 비웃다니. 그에겐 드문 실수다.

'이게 다 거지 아이 때문이다. 똥 때문이다. 골목길 때문이다. 이언진 때문이다. 아니다. 남 탓하지 말자. 결국은 나 때문이다.'

격식을 중시하는 봉상시 판관답게 다소 복잡한 과정을 거쳐 스스로를 책망한 그는 온화한 웃음으로 얼버무리고선 가져온 보따리부터 내민다.

"인삼을 좀 가져왔소."

---

31. 위魏·진晉 시대의 명사 여안呂安과 혜강嵇康은 둘도 없는 친구였다. 어느 날 여안이 혜강을 만나러 갔는데 집에는 혜강의 형인 혜희嵇喜만 있었다. 여안은 대문에다 '봉鳳' 한 글자를 쓰곤 그대로 발길을 돌렸다. 무슨 뜻인가? 혜희가 봉황처럼 훌륭한 인물이란 뜻인가? 아니다. 글자를 분해해 다른 뜻을 만들어내는 탁자법으로 내막을 살펴야 한다. 봉은 '범凡'과 '조鳥'가 더해져서 만들어진 글자다. 그러니 여안은 혜희더러 너는 평범한 새에 지나지 않는다, 이렇게 말하고 간 것이다. 쉬운 말로 하자면 꿩을 만나러 왔는데 닭을 만나 침 뱉고 돌아섰다는 뜻이다.

인삼이라는 말에 이언로의 눈이 동그래진다. 진심으로 기뻐하는 눈치다. 여태껏 진중하게 응대하던 남자가 보인 반응으로서는 조금 뜻밖이다. 그는 겉으로는 웃으며 속으로는 이렇게 생각한다.

'여안의 봉은 봉이로군.'

"이렇듯 귀한 물건을……."

"최상품은 아니오. 다만 약재로 쓰기엔 부족함이 없을 것입니다. 이즈음 형의 기운이 조금 쇠한 듯싶어 드리는 것이외다."

그의 말에 이언로의 얼굴이 약간 어두워진다. 그러나 이언로는 이내 웃음을 짓고 고개를 숙인다.

"거절해야 마땅하나 형의 사정을 잘 알고 계시니 받아두었다 형에게 전하겠습니다."

보따리를 전하고 나니 딱히 할 말이 없다. 이언로의 방에 묵묵히 앉아 있자니 소음이 귀에 들어온다. 참으로 시끄러운 동네다. 이언진은 이런 곳에서 어떻게 시를 짓고 사는지 도통 모르겠다. 시란 마음이 안정되었을 때 나오는 물건이 아니던가? 골목길은 그의 취향과는 거리가 멀다. 게다가 이언진은 없고 형에 비해 학식이 부족한 게 분명한 이언로만 멀뚱한 표정으로 그의 앞에 앉아 있다. 그는 이 대목에서 잠시 고민한다. 일어날 것인가, 기다릴 것인가?

당신이라면 어떻게 했겠는가? 똥폼 잡고 물었지만 사실 결론은 하나뿐이다. 어렵게 결심한 걸음이다. 좁고 냄새나는 골목길, 시끄러운 골목길을 다시 오고 싶지는 않다. 거지 아이와 똥에게 농락당하고 싶지도 않다. 꿩 대신 닭과 마주하고 싶지도 않다. 칼을 뽑았으면 베어야 할 터. 그러니 손이 떨리더라도 상대가 나타날 때까지 기다려야 한다. 진득하니 앉아 승부를 보아야 한다. 그는 온화하게 웃으며 이언로에게 말을 건다.

"형이 외출을 자주 하는 편이오?"

"그렇지는 않습니다. 차라리 외출을 싫어하는 편에 가까운지라 보통은 집에 머물며 책을 읽습니다. 다만……."

"다만 뭐요?"

"좋은 책이 있다는 소문이 있으면 거리를 불문하고 당장 그곳으로 갑니다."

"그래선?"

"책을 빌려달라 말하지요. 한 번은……."

"한 번은?"

"책을 빌려 집에 오다가 말발굽에 차인 일도 있습니다. 집에 와서 책을 읽으면 될 것을, 거리에서 책을 펼쳐 읽으면서 오다가 험한 일을 당한 것이지요. 다행히 심하게 차인 것은 아니었습니다. 아무튼 그 뒤로는 조금 조심하는 듯합니다."

이언진의 마음을 알 것도 같다고 생각한다. 잊었던 기억 하나가 머리에 떠오른다. 과거에 급제하기 전 김 모라는 인간에게 책을 빌리러

간 적이 있다. 김 모는 집에 있으면서도 그를 만나주지 않았다. 물론 지금 김 모는 그 사건은 까맣게 잊은 듯 그를 보면 싹싹하게만 대한다. 보고 싶은 책이 있으면 마음껏 빌려가라고 한다. 그 또한 그런 일에 마음 쓰는 속 좁은 인간은 아니라 옛날 일 따위는 깨끗이 잊었다. 하나 실상은 그렇지 않았던 모양이다. 그때의 수모는 잊을 만하면 다시 기억난다. 고개를 젓는다. 자리도 잡아 모든 게 평안한 요즈음엔 왜 이리 분통 터지는 기억만 자꾸 떠오르는지 모르겠다. 왜 자꾸 불끈하는 마음이 드는지 도통 모르겠다. 왜 자꾸 미친놈처럼 자기 존재를 드러내며 소리를 지르고 싶은 건지. 왜 자꾸 갖지 못한 것을 찾아 나서는 건지. 기억은 자꾸 샛길로 간다. 곤란하다. 그는 서둘러 기억을 봉합하고 묻는다.

"책들은 다들 잘 빌려주는가요? 이 나라에서 책은 귀중한 물건입니다. 그러니 꺼리는 이들도 많을 텐데."

"그 방면에서는 형이 제법 신용을 쌓았습니다. 책을 빌리고 그다음 날 바로 돌려주니까요."

"바로 다음 날에? 너무 빠듯하지 않소?"

"밤새 책을 베껴 쓰기에 가능한 일입니다."

"책 한 권 볼 수 있겠소?"

이언로가 잠깐 망설이다 나가 책 한 권을 가져온다. 그는 책을 펼쳐보곤 깜짝 놀란다. 책을 읽기는 쉬워도 베껴 쓰기란 쉽지 않다. 그 또한 소싯적엔 많이 해보았기에 그 어려움을 잘 안다. 처음에는 정성을 기울여 쓰지만 팔이 아파오기 시작하면 사정은 달라진다. 반듯하던 글씨가 뒤로 갈수록 괴발개발 엉망이 된다. 이언진이 베껴 쓴 책은 다르다. 첫 장과 마지막 장의 글씨체가 똑같다. 글씨도 뛰어나다. 단정한 해서체로 써나간 것이 마치 활자로 인쇄한 책과 같았다. 그는 고개를 끄덕이며 책을 돌려준다.

두 남자 사이에 침묵이 흐른다. 지금까지의 과장된 서술로 왠지 좀 수다스러운 인물 같은 느낌이 들었겠지만 사실 그는 말을 많이 하는 사람이 아니다. 그 점에서는 이언로도 대동소이하다. 이언로는 좋게 말하면 형보다 진중하다. 나쁘게 말하면 형보다 훨씬 둔해 보인다. 오해할까 싶어 덧붙인다. 실제의 이언로가 그렇다는 것은 아니다. 그가 본 이언로가 그렇다는 것이다. 아무튼 말하기를 즐기지 않는 두 남자가 만났으니 어색한 침묵만이 자리하는 건 당연한 귀결이다. 당신도 알겠지만 가깝지도 않은 사람 사이에 흐르는 침묵은 몹시 불편하다. 그의 마음이 부산해진다. 찾아온 건 자신이니 분위기 수습도 자신이 해야 할 터. 그는 생각을 가다듬기 위해 손톱을 물어뜯으려다 흠칫 놀란다.(생각해보니 당신에게도 그와 비슷한 버릇이 있다. 당신의 습관이 좀 더 노골적일 뿐.) 잠시 후 여유로운 웃음 한 번 짓고 수염을 쓰다듬으며 입을 연다.

"전복 잡다 고래 뱃속으로 들어간 울진 어부 이야기 들어보았소?"

"그런 일이 있었습니까?"

"작살로 전복을 잡다가 갑자기 고래 뱃속으로 빨려갔소. 다행히 이 어부는 배포가 꽤 큰 사람이었소. 처음엔 당황했지만 곧 정신을 차리곤 작살로 뱃속 여기저기를 마구 찔러댔소. 고래가 어땠겠소?"

"몹시 아파했겠습니다."

"그래서 참다못해 이 어부를 토해냈다오. 고래가 멀리 사라지고서야 이 어부, 자기 꼴을 보았지. 수염도 머리털도 다 사라졌소."

"오래 못 살았겠습니다."

"아니오, 이 어부 구십까지 살았다오. 내 말하고자 하는 바는 천명이요. 이 어부는 천명을 타고났기에 고래 뱃속에서도 살아남을 수 있었던 거라오."

그는 말을 마친 후 이언로의 눈치를 슬쩍 살핀다. 《피노키오》를 읽은 우리가 느끼기에도 어처구니가 없다. 도대체 이 시점에서 고래 이야기는 왜 꺼낸 건가? 다행히 이언로는 이상하게 여기지 않는다. 오히려 이언로는 공감하는 듯 크게 고개를 끄덕인다. 자신감을 얻은 그는 수염을 한 번 쓰다듬고 또 다른 이야기를 꺼낸다.

"말 나온 김에 조금만 더 하겠소. 옛날 시에서 고래를 노래한 건 대부분 잘못되었소. 고래는 메기의 한 종류로 비늘과 이빨이 없소. 그런데도 두보는 '고래 비늘과 등딱지'라 했고, 이백은 '큰 고래의 흰 이빨'이라 했소. 둘 다 잘못되었지만 등딱지란 말이 가장 심하오. 거북이나 자라한테나 등딱지가 있지 고래에게 무슨 등딱지가 있겠소?
《삼재도회三才圖會》라는 책에도 고래를 그리고 비늘로 덮어놓았으니
중국 사람들은 고래를 제대로 못 본 것이오."

"그렇군요."

우리는 고래가 메기의 한 종류가 아니라는 사실을 안다. 박식한
척 풀어놓은 그의 말 또한 사실과는 거리가 멀다는 뜻이다. 그러나
그의 말이 사실인지 아닌지를 규명하는 건 이 이야기의 목적에 어긋
난다. 중요한 건 이언로의 표정이다. 이언로의 얼굴에 당혹스러운 빛
이 살짝 스친다. 무던한 이언로로서도 한계에 달했다는 증거다. 자신
이 지나쳤다는 것을 깨달은 그는 서둘러 결론을 맺는다.

"내 말은, 그러니까 뭐든 제대로 알아야 하는 법이라는 뜻이오."

다행히 고래 이야기가 영 무용하지는 않았다. 그의 고래 이야기는
이언로의 심중을 건드렸다. 이언로는 이렇게 말한다.

"고래를 말씀하시니 며칠 전 제가 꾼 꿈이 생각납니다."

"꿈?"

"하늘에 푸른 고래 한 마리가 보였습니다. 술 취한 신선이 등에 타
고 있더군요. 신기한 광경이라 입 벌리고 바라보았습니다. 그런데 갑
자기 검은 구름이 그 뒤를 따르는 게 아니겠습니까?"

"검은 구름이?"

"그리곤 형이 보였습니다. 머리 풀어 헤친 형이 그 뒤를 따라가더

군요. 이게 도대체 무슨 꿈일까요?"

검은 구름? 머리 풀어 헤친 형? 얼핏 들어도 좋은 꿈 같지는 않다. 그는 자신 또한 고래 꿈을 꾸었다는 사실을 떠올린다.(프로이트식으로 말하면 그가 고래 이야기를 꺼낸 건 그 꿈이 무의식에 남아 있었기 때문일 것이다.) 세부는 기억이 나지 않지만 틀림없는 고래 꿈이었다.

'단지 우연의 일치일까?'

그는 잠깐 고민하다 포기한다. 급한 용무 하나가 떠올랐기 때문이다.

"혹 형이 쓴 시 한 편 볼 수 있겠소?"

이언로의 얼굴에 곤혹스러운 표정이 스친다. 그는 자신이 건넨 인삼 보따리를 쳐다본다. 이언로의 시선도 그의 시선을 따라 인삼 보따리에 머문다. 이언로는 고개를 숙여 보이곤 자리에서 일어난다. 안방에 다녀온 이언로가 시 한 편을 내민다. 시를 받기 전 그는 눈을 한번 감았다 뜬다. 시를 받는 손이 살짝 떨린 걸 이언로가 보았는지 못보았는지는 알 수 없다. 그는 시를 읽는다. 시를 읽는데 입이 저절로 벌어진다. 그는 몇 번을 읽고 난 후 이언로에게 시를 건넨다.

"사람이 참. 왜 하필 이 시를 가져왔나? 이런 시는 다른 사람에게 보이면 안 되네. 형에게도 깊숙한 곳에 두라 이르게."

그 순간 갑자기 쿵 소리 요란하게 문이 열리더니 아이가 들어온다. 아이가 손가락으로 그를 가리키며 까르르 웃는다.

"똥, 똥, 이 아저씨 똥. 이 아저씨 똥 밟았어."

"운아야! 그러면 안 돼."

여인네가 재빨리 뒤따라 들어와 아이를 안고 나간다. 여인네의 얼굴이 제법 곱다. 그는 허어, 웃다 이언로의 얼굴과 마주친다. 그는 자신의 결심을 뒤집는다. 그는 자리에서 일어나며 말한다.

"아무래도 형이 늦는가 보오. 오늘은 이만 가보겠소."

서둘러 마당으로 내려간 그는 사립문을 열려다 말고 돌아선다.

"내 정신 좀 보게. 형이 오면 이것 좀 전해주구려."

혹시라도 이언진이 집에 없을까 싶어 준비한 편지다. 이 편지를 전하리라곤 생각도 못했지만 사태가 여기에 이르고 보니 준비하길 잘했다 싶다. 이언로가 두 손으로 편지를 받아든다.

"알겠습니다. 형에게 전하겠습니다."

이언로는 사립문 밖으로 나와 그를 배웅한다. 그가 막 걸음을 옮기려는데 이언로가 한마디 한다.

"죄송합니다. 봉황을 만나러 왔다 범조만 만나고 가니 마음이 편치 않으시겠습니다."

피식 웃기 전에 우리에겐 해결해야 할 문제 두 가지가 있다. 그는 왜 결심을 바꾸었는가? 그가 읽은 시는 도대체 무엇인가?

발걸음을 서둘러 다른 골목길로 들어선 후에야 그는 깊은 숨을 내쉰다. 부끄러워 고개를 들 수 없다. 골목길의 똥도 자신보다는 덜 부끄러웠을 것이다. 그는 간신히 고개를 든다. 골목길은 여전하다. 여전히 소란스럽고 더럽고 위험하다. 골목길에 선 그는 조금 전 본 이언진의 시를 조그마한 소리로 입 밖에 내어본다.

이따거의

쌍도끼로

확

부숴버렸으면.

손에

칼을 잡고

강호의 쾌남들과

결교했으면.

그는 고개를 저으며 혼잣말을 한다.

"이런 무서운 시를."

그는 자신이 내뱉은 말에 놀라 허겁지겁 주위를 살핀다. 새도 없고 쥐도 없다. 똥도 없고 거지 아이도 없다. 골목길은 고요하다. 이상할 정도로 고요해서 더 무섭다. 왠지 자신의 몸이 작아진 느낌을 받는다. 발바닥이 땅에 붙은 느낌을 받는다. 그는 손과 다리를 한 번씩 주무르고 수염을 한 번 쓰다듬은 후 발바닥에 힘을 주고 빠르게 골목길을 빠져나간다.

6
이덕무의 골목길

이제 이덕무를 살펴볼 차례다. 그는 박지원의 집에서 박지원과 마주 앉아 있다. 그가 서두른 결과물이냐고? 아니다. 우리로선 아쉽게도 그는 그 정도로 동작이 빠르지는 않다. 무슨 말이냐고? 그가 박지원을 찾아간 게 아니라 박지원이 그를 부른 것이다. 저간의 사정은 이러하다. 성대중이 떠나기 무섭게 심부름꾼이 도착해 편지를 내밀었다. 박지원이 보낸 편지였다. 뜯어보니 달랑 시 두 편이 적혀 있다.

이백,

이필,

철괴,

다 합한 게 나.

옛 시인,

옛 산인,

옛 선인,

그들의 성은 모두 이씨.

닭의 벼슬,

높은 게 꼭 두건 같다.

소의 턱밑 살,

커다란 게 꼭 주머니 같다.

집에 늘 있는 것들,

신기할 리 없지.

하면 낙타 등은?

보자마자 다들 깜짝 놀라네.

박지원은 시 두 편만 보냈다. 누구의 시인지, 시를 보내는 이유는 무엇인지 등은 하나도 쓰지 않았다. 여백과 비약이 많은 평소 습관 그대로. 그럼에도 그는 시를 읽자마자 그 시가 바로 이언진이 박지원에게 보낸 시들 중의 일부임을 확신했다. 이백, 이필, 철괴를 합한 게 자기라고 주장할 사람, 흔하디흔한 닭과 소가 아니라 희귀한 낙타가 바로 자기라고 주장할 정도로 강한 자기애를 지닌 이 씨 성의 사람은 그의 주변에는 없었다. 떠오르는 건 오직 한 사람, 이언진이었다. 시 두 편 말고 다른 글은 하나도 없었으나 신중하면서도 예민한 그는 박지원이 여백을 통해 자신에게 전하고자 하는 내용을 분명히 알아들었다. 그 말은 이랬다.

'와서 나 좀 보오.'

그는 글 없는 편지의 내용을 제대로 읽었다. 박지원은 그를 보자마자 말을 쏟아낸다. 꼭꼭 눌러 담아놓은 말을 거침없이 쏟아낸다.

"덕이란 게 도대체 뭐요? 재주란 게 도대체 뭐요?"

자리에 앉자마자 상대방이 질문 포화를 퍼부었다면 당신은 적잖게 당황했겠지만 그는 다르다. 그는 갑자기 날아온 화살을 마치 예견이라도 하고 있었듯 침착하게 피해가며 응대한다. 그의 현란한 기술을 잠시 감상해보기로 한다.

그 : 덕은 그릇이고 재주는 그 속에 담기는 물건이지요.

박지원 : 덕만 있고 재주가 없으면 그건 빈 그릇이오. 재주만 있고 덕이 없으면 그건 더 낭패니 그 재주를 담을 곳이 없기 때문이오.

그 : 그렇지요. 그렇기에 《시경》에서는 "깨끗한 옥 술잔이여, 황금빛 울창주鬱鬯酒가 안에 들었도다."라고 노래했고, 《주역》에서는 "솥의 발이 부러져 임금 드실 음식이 엎어졌네."라고 했지요. 둘 다 그릇인 덕의 중요성을 말하고 있지요.

박지원 : 문장이란 천자의 지극한 보배라오. 오묘한 근원에서 정화를 끄집어내고, 형체가 없는 데에서 숨겨진 이치를 찾아내어 음양의 비밀을 누설하오. 그러니 조심하지 않으면 어찌 되겠소? 큰 우환이 닥치게 되오. 까딱 잘못했다간 귀신의 원망 사기 딱 좋은 것이 바로 이 문장 쓰는 일이외다.

그 : 그렇지요. 그렇기에 문장 쓰는 이는 더더욱 덕을 갖추어야 하는 것이지요.

박지원 : 좋은 재목일수록 더 조심해야 하오. 사람들이 베어 가면 그걸로 끝이니까. 재목 재材의 재才가 왜 바깥이 아니라 안으로 삐쳐 있겠소?

그 : 겸양하라는 뜻이지요.

배틀과도 같은 문답에 정신이 하나도 없으리라 믿는다. 하나 지금부터는 더 집중해야 한다. 드디어 이언진의 이름이 등장하니 말이다.

박지원 : 이언진은 일개 역관에 불과한 자요. 그자가 일본에 다녀오기 전까지 나는 그자의 이름조차 들어본 적이 없소.

그 : 그렇지요. 이름이 있기는 했으나 아무도 그 이름을 모르던 이였지요.

박지원 : 그런데 하루아침에 그 이름이 바다 밖 만 리의 나라에 날리게 되었소. 솜씨는 햇빛과 달빛으로 씻은 듯 환히 빛났고, 기개는 무지개와 신기루에 닿을 듯 뻗쳤소. 자, 그 마음이 어떨까요?

그 : 처음 겪는 경험이라 가슴이 벌렁벌렁하고 피가 이리저리 날뛰겠지요.

박지원 : 그자가 모르는 게 하나 있소. 내 이미 겪어봐서 아는 바, 그럴 수록 조심하고 또 조심해야 하오. 자칫 잘못하면 귀신의 원망을 살 테니 흥분에 몸을 맡겨서는 안 된다는 말이오.

그 : 그렇지요. 그래서 《주역》에서는 "재물을 허술하게 보관하는 것은 도적더러 훔쳐가라 하는 것이다."라고 했고, 《노자》에서는 "물고기는 자기 못을 떠나면 안 되고, 나라의 빼어난 그릇은 보여주면 안 된다."고 했지요.

박지원 : 재주와 덕을 고루 갖춘 자는 성인이고, 재주와 덕이 하나도 없는 자는 어리석은 이고, 덕이 재주보다 큰 이는 군자라오. 재주가 덕보다 큰 자는 소인이라오.

그 : 소인이 제일 위험한 법이지요.

그는 박지원의 말에 반기를 들지 않는다. 어, 하면 어,로 받고, 아, 하면 아,로 받는다. 그의 세련된 맞장단이 쉴 새 없이 이어지자 웃음기 하나 없던 박지원의 얼굴에 조금씩 화색이 돈다. 아, 당신은 성급하게 결론을 내려서는 안 된다. 이 장면만을 보고 그를 줏대 없는 사람으로 생각하면 곤란하다는 뜻이다. 물론 그의 첫인상은 줏대와는 거리가 멀다. 키는 껑충하고 몸은 깡말라 바람 세게 부는 날이면 제 몸의 중심도 못 잡고 이리저리 휘청거릴 지경이다. 그래도 그 속은 굳

세고 올곧다. 야리야리한 겉모습과는 딴판이다. 당신이 외유내강의 의미를 실감하지 못하겠다면 그를 보면 된다. 그가 바로 걸어 다니는 외유내강이니까. 아부와는 인연이 없는 그가, 고지식할 정도로 원칙적인 그가 박지원에게 끝없이 맞장단을 쳐주는 이유는 단 하나다. 박지원에겐 자신의 이야기를 들어줄 사람이 필요했으니까. 박지원이 그에게 '와서 나 좀 보오.' 하고 보이지 않는 글씨로 여백에 크게 적어 편지를 보낸 건 바로 그 때문이니까. 다음으로 넘어가기 전에 박지원이 한 말의 요점을 정리하고 넘어가기로 한다. 구찌나 샤넬에 비견할 명품 어휘를 동원해 수많은 말을 내뱉었지만 요점 정리는 의외로 쉽다.

'이언진 그 사람, 재주는 있어 보이나 덕은 없어 보이더군.'

무슨 말인가? 자랑할 만한 시도 아닌데 뻐기고 다닌다는 뜻이다. 의미는 알았으나 고개 끄덕이고 넘어가기엔 좀 찜찜하다. 우리는 박지원이 충실하고 냉정한 심부름꾼에게서 '내가 이런 세상에 어찌 오래 살 수 있겠는가.' 하는 이언진의 독백을 듣고 한숨과 슬픔을 보였다는 사실을 알고 있기 때문이다. 그러나 방금 읽은 문장들에 한숨과 슬픔은 없다. 독설만 있을 뿐이다. 이 사실을 우리는 어떻게 해석해야 할까? 잘 모를 땐 패스가 최고다. 일단은 패스!

박지원이 새로운 주제를 꺼내든다.

"박제가가 내게 글을 보냈소. 나쁘지 않더군. 아니 괜찮더군. 다만……."

이번에는 박제가다. 그는 박지원의 말을 들으며 이렇게 생각한다.

'이언진에 대한 불만은 폭포수 같은 언사로 어느 정도 털어낸 모양이다. 이야기가 박제가에 이르렀다는 건 막바지에 이르렀다는 증거다. 박지원은 평소에도 이야기 말미에 박제가를 디저트처럼 빼놓지 않고 꼭 언급하곤 했으니.'

그의 생각은 옳다. 다만 오늘 꺼낸 박제가의 이야기를 디저트 정도로 여겨서는 안 된다는 걸 당신에게 말하고 싶다. 무슨 말인가? 사실은 박지원이 이언진의 이야기를 하고 있다는 뜻이다. 입으로는 박제가를 말하면서 속으로는 이언진을 염두에 두고 있다는 뜻이다. 그가 그 사실을 깨달았는지는 잘 모르겠다.

그 : 다만 무엇인가요?

박지원 : 진부한 말을 피하려는 건 좋은 일이오. 문제는 그러다 간혹 황당무계한 곳으로 빠져버린다는 것이지. 목청을 높이고 논점을 분명히 하는 건 좋은 일이오. 문제는 그러다 상도에서 벗어난다는 것이지.

그 : 창신에 기울어져 있다는 뜻이로군요.

박지원 : 물론 박제가는 아직 어린 소년이오. 내 그걸 모르는 건 아니오. 원래 소년들은 과감하지. 그래야 소년이기도 하고. 하지만 박제가를 보면 단지 나이가 어리기 때문이라고 받아들이기엔 좀 심한 구석이 있소. 나이가 들어도 바뀌지 않을 고질적인 나쁜 습성을 지니고 있다는 말이

오. 내 그걸 두려워 말하는 것이오. 내 말 아시겠소?

그 : 그럼요.

박지원 : 새것만 강조하다 이상한 쪽으로 빠지기보다는 차라리 옛것을 모범으로 삼다가 고루해지는 편이 훨씬 나을 터이오.

그 : 다음에 만나면 꼭 전하겠습니다.

박지원 : 괜히 하는 소리가 아니오. 나 또한 이런 생각을 조만간 글로 써서 줄 것이오.[32]

그 : 박제가도 분명 기뻐할 것입니다.

박제가에 대한 비판을 끝으로 박지원의 이야기는 끝이 난다. 잠시의 침묵. 당신의 기대대로라면 이제 그가 나서야 한다. 하지만 그는 여전히 침묵이다. 왜냐고? 아직 때가 되지 않았기 때문이다. 무슨 말이냐고? 이야기를 시작하는 것도 박지원이고 침묵 했다 다시 그 침묵을 깨는 것도 박지원이기 때문이다.

"오늘도 나만 떠들었구려."

"좋은 이야기 잘 들었습니다."

"그대만 만나면 자꾸 말을 많이 하게 되오."

"덕분에 좋은 말씀 많이 듣고 많이 배웁니다."

"자, 그렇다면 이제 그대의 생각을 한 번 말해보오."

---

32. 그 유명한 《초정집草亭集》 서문이다. 왜 유명한지 궁금하면 읽어보기 바란다.

박지원이 말하기만 좋아하는 사람이라면 그는 오늘 박지원을 찾아오지 않았을 것이다. 박지원은 들을 줄 아는 사람이기도 하다. 그가 여태 군말 없이 그 많은 이야기들을 다 들어준 것은 바로 이 순간을 위해서다.

"뭐 하나 물어봐도 되겠습니까?"

"그러시게나."

"왜 하필 '**오농의 가느다란 침[吳儂細唾]**'이라 했습니까?"

평소의 그답지 않게 곧바로 핵심을 찌른 셈이다. 박지원의 장광설이 그의 신중함을 조금은 무디게 한 모양이다. 어찌 되었건 그가 물었으니 우리에겐 드디어 발언 당사자의 해명을 들을 기회가 생겼다. 박지원은 도대체 뭐라고 답했을까?

그러나 박지원은 박지원이다. 이 대목에서 박지원은 뜻밖의 행동을 한다. 쌍륙놀이에 쓰이는 주사위를 던진 것이다. 그것도 한 번은 오른손으로, 한 번은 왼손으로. 마치 홀로 쌍륙놀이를 즐기듯. 그러고선 이렇게 말한다.

"이것도 승부라고 오른손은 자신이 이기고 싶어 하고, 왼손은 또 자신이 이기고 싶어 하는구려."

내내 장단을 맞춰온 그이지만 지금은 아니다. 아니 장단을 맞추고 싶어도 맞출 수가 없다. 당신도 의아하겠지만 그도 적잖이 의아하다. 말하다 말고 갑자기 쌍륙놀이를 하다니. 같이 하자고 말한 것도 아니고 혼자서 주사위를 던지며 놀다니. 도대체 무슨 속셈일까? 사정이 이러하니 결론을 내는 것도 박지원이다.

"이기고 지는 건 나한테 달렸으니 내가 꼭 조물주라도 된 기분이 드오. 그 옛날 조맹趙孟[33]의 기분이 이랬을까?"

그가 생각을 정리할 틈도 없이 박지원은 이렇게 말한다.

"오농세타 운운한 건 농담이오."

"농담이라고요?"

"그렇소. 시들이 좀 자질구레해서 비유를 찾다 보니 그리 된 것이지."

"**단순한** 농담입니까?"

"그렇소. **단순한** 농담이지."

평소의 그라면 이 대목에서 한 번 더 생각했을 것이다. 그러나 지금 그는 박지원의 현란한 언어 드리블에 지쳐 현대의 심리학자 같은 날카로운 관찰력과 특유의 신중함을 조금은 잃은 상태다. 그래서 그답지 않게 곧바로 반박한다.

"내 생각은 좀 다릅니다."

"다르다면?"

---

33. 《맹자孟子》〈고자告子〉 편에 조맹에 관한 이야기가 나온다.
   "고귀하게 되고자 하는 건 누구나 똑같다. 사실 사람은 누구나 자기 내부에 고귀한 것을 가지고 있다. 다만 생각이 못 미칠 뿐. 하나 남들이 고귀하게 여기는 건 당신이 타고난 그 고귀한 게 아니다. 조맹이 귀하게 여긴 건 언제든 천하게 할 수 있다."
   조맹은 막강한 권력을 지닌 진나라 재상이었다. 자신의 권세로 벼슬을 줬다 뺏기를 밥 먹듯이 했다.

그는 박지원을 본다. 박지원은 그의 눈빛을 피하지 않는다. 하지만 그는 박지원의 눈빛에서 아무것도 읽지 못한다. 아니 무엇을 읽어야 좋을지 결정하지 못했다는 표현이 더 맞겠다. 그렇다고 물러설 수는 없으니 자신의 노선을 밀고 나간다.

"오농에는 다른 뜻이 있지 않습니까? 공안파公安派[34]가 스스로를 '오농'이라 칭했다는 사실에 대해 설명할 필요는 없겠지요. 그러니까 '오농의 가느다란 침'은 그대 말대로 단순한 농담이 아니라 지나치게 창신만을 추구하는 공안파를 따라했다는 매서운 일침 아니겠습니까?"

박지원은 아무 말도 하지 않는다. 눈빛 또한 여전하다. 그는 왠지 기운이 빠진다. 내친걸음이라 힘을 모아 말을 잇는다.

"이언진이 쓴 '창부'라는 표현도 그렇지요. 굳이 그런 표현을 찾아 쓴 이유는 바로……."

"내 말을 오해했구려. 나는 그대에게 세세한 평을 요구한 게 아니오. 이 사태 전반에 대한 그대의 생각을 듣고 싶었을 뿐이오."

박지원의 태도는 분명하다. 그의 논평쯤은 다 알고 있으니 이 사태에 대한 그의 느낌 정도만 말해달라는 것. 그 말을 하는 박지원의 눈

---

34. 리더 격인 원굉도袁宏道가 공안 사람이기에 공안파라 한다. 복잡하게 말하면 한이 없기에 간단하게만 설명한다. 공안파는 '문학적 전범'의 설정을 거부하고, 개성과 독창성을 강조했다. 굳이 '문학적 전범'을 강조한 이유는 공안파 이전 일세를 풍미한 의고파의 논리가 바로 문文은 진과 한의 것을, 시詩는 성당의 것을 전범으로 삼았기 때문이다. 전범을 따르면 틀에서 벗어나기 어려우니 아무래도 개성, 독창성을 발휘하기는 힘이 들 터.

빛엔 변함이 없어 또다시 그를 절망하게 한다. 그가 느낌 이상의 답을 한 이유이기도 하다.

"편지를 쓰십시오."

"편지를?"

"편지를 써서 일간 한 번 만나자고 하십시오."

"그자를 만나라?"

"네, 그자를 만나십시오."

"그게 그대의 생각이오?"

"그렇습니다."

다른 이는 몰라도 그의 조언에는 귀를 기울이는 박지원이다. 그러나 지금 박지원의 얼굴은 조언을 받아들이려는 사람의 표정이 아니다. 웃음기 하나 없는 무표정한 얼굴. 처음 봤을 때의 그 얼굴이다. 그건 그의 조언이 별반 마음에 들지 않는다는 뜻이다. 그가 번지수를 잘못 짚었다는 뜻이다. 그럴 때 박지원은 꼭 무장 같다. 전쟁터에서 상대를 박살내기 위해 고심하는 장수 같다. 사람들은 그래서 박지원을 무서워한다. 그러나 그는 상대의 기세에 눌려 할 말을 못하는 사람은 아니다. 들을 땐 듣고 말해야 할 때는 말을 한다. 비록 핀트가 약간 어긋난 기분이 들어 불안하지만 그래도 할 말은 마저 해야 한다.

"이언진은 보통 사람이 아닙니다."

박지원의 눈빛엔 여전히 변함이 없다.

"옥당에 머물면서 임금의 교서를 쓰게 해야 할 사람입니다."

박지원은 살짝 하품을 한다.

"나는 어리석기만 한 사람이라 뭐 하나 제대로 하는 게 없습니다. 다만 한 가지 내가 남들보다 조금 나은 게 있는데 그게 뭔 줄 아십니까?"

박지원은 고개를 돌리고 주사위를 만지작거린다.

"그건 바로 다른 이의 재주를 알아보는 일입니다."

한마디를 더 할까 하다가 그만두기로 한다. 박지원의 눈빛과 태도 때문은 아니다. 이만하면 말은 충분히 했다고 여기기 때문이다. 일견 박지원이 그를 무시하는 것처럼 보이지만 그는 절대로 그렇게 생각하지 않는다. 왜냐고? 박지원은 들을 줄 아는 사람이니까. 박지원은 자신에게 던져진 말을 함부로 버리지 않는다. 그가 나가면 박지원은 혼자 쌍륙놀이를 하면서 그의 말을 곰곰 되새길 것이다. 대신 그에게도 과제가 있다. 박지원의 눈빛과 행동은 박지원의 의사표현이다. 그러나 그는 왠지 그 내용을 잘 읽을 수가 없다. 뭔가 있는데 그걸 모르겠다. 그 뭔가를 파악하는 것, 그것이 그가 해결해야 할 과제다.

거리로 나선 그는 하늘을 올려다본다. 구름이 가득하다. 비록 천문학자는 아니나 살아온 날들이 있으니 대략의 날씨는 짐작할 수 있다. 당장 비가 내리진 않겠으나 오늘 밤을 비 없이 넘기기는 힘들 것 같다. 이 비가 그치고 나면 살구꽃의 생애는 얼마 남지 않을 것이다. 그렇다고 거리에 꽃이 사라지는 건 아니다. 복사꽃이 만개할 테니까. 그는 걸음을 내딛다 멈춘다. 아무래도 여러 가지가 마음에 걸린다. 가장 걸리는 건 자신이 한 말이다. 아니다. 정확히 말하자면 자신이 하지 못한 말이다. 박지원은 '오농세타'와 '창부'가 논쟁으로 이어지는 것을 원하지 않았고 그는 그 마음을 읽고 따랐다.

'잘한 일일까?'

또 한 걸음을 내딛다 멈춘다.

'더 밀고 나갔어야 하지 않을까?'

또 한 걸음을 내딛다 멈추곤 이렇게 생각한다.

'박지원이 하려던 말은 도대체 뭘까?'

가장 찜찜한 부분이다. 마음을 잘 읽는 그는 그제야 그가 가진 정보가 전체가 아니라는 사실을 깨닫는다. 성대중이 전한 내용 말고 무언가가 더 있다는 사실을 깨닫는다. 문제는 그 부분이 무엇인지 도무지 알 길이 없다는 것이다.(하! 그보다 많은 걸 아는 당신이 안타까워하는 소리!) 박지원은 그가 스스로 알아내기를 원한다. 평소의 그라면 불가능한 일은 아니다. 충분한 여유를 두고 검토하고 또 검토해 답을 얻었을 것이다. 그러나 지금 그의 마음은 어딘지 모르게 분주하고 산만하다. 자꾸 쫓기는 기분이다. 시한을 정해놓고 일하는 기분이다.(그가 제일 싫어하는 일이다.) 가장 좋은 건 이언진을 만나는 것이다. 그에게 묻는 것이다. 그랬다면 박지원도 모르는 사실 한 가지를 알 기회를 얻었을지도 모르겠다.(그럴까? 오히려 우리는 박지원만 알고 이언진도 모르는 부분이 있다는 걸 안다. 한 가지 더. 이언진과 박지원이 공통적으로 아는 게 하나 더 있다는 사실 또한 밝히고 싶다. 그건 조금 있다가 말할 것이다. 상황이 이러하니 그가 가진 정보—실은 성대중에게서 얻은 정보—는 꽤나 부실한 정보다.) 다시 말하지만 그는 신중한 사람이다. 모험은 그의 전공이 아니다. 느닷없는 방문은 그의 취향이 아니라는 뜻이다. 결국 그가 새로운 정보를 남보다 먼저 얻게 될 일은 없다.

　마음속으로 결론을 내린 그는 서너 걸음 내딛다 또 멈춘다. 저 멀리 보이는 남자 때문이다. 자신보다 키는 좀 작으나 자신처럼 비쩍 마른 남자. 길 저편에 서서 박지원의 집을 유심히 바라보고 있는 남자. 등짝이 서늘해진다. 소문으로만 듣던 이언진이 분명하다. 어떻게 확신하느냐고? 당신이 납득할지는 모르겠지만 좀 '문학적'으로 표현하고 싶다.

　얼굴에 시가 보인다. 자신이 쓴 시와 똑같은 얼굴을 하고 있다.

　신기한 광경이다. 그래서 그는 남자가 이언진이라고 확신한다. 반가운 마음에 웃음부터 나온다. 그 순간 그로서는 드문 결심을 한다. 아직 준비가 덜 되었지만 다가가기로 한 것.(우리는 이 결심이 얼마나 드문 결심인지 안다.) 하지만 그는 그인지라 다가가기 전에 고개 숙여 옷 매무새부터 다듬는다. 그 순간 이언진은 홱 돌아서더니 반대편 길로 사라져버린다. 비쩍 말랐어도 걸음은 무척 빠르다. 다시 고개를 든 그는 이언진을 따라가기 위해 재빨리 걸음을 내딛다 이내 멈춘다. 왜냐고? 그놈의 예절 때문이다. 첫 만남에는 격식이 필요하다. 무뢰배처럼 뜀박질해 쫓아가 어이, 하며 어깨를 툭 칠 수는 없는 일.(《사소절士小節》이라는 진지하면서도 고지식한 예절 책의 저자답다.)

그러나 아쉽다. 둘을 우연히 만나게 해놓곤 이내 살짝 어긋나게 한 하늘이 원망스럽다. 그는 이내 흥분을 가라앉힌다. 하늘이 그렇게 만들었다면 받아들인다. 천명이 그렇다면 인정한다. 그도 사람이니 가슴 한구석이 조금 허전한 건 사실이다. 그 허전한 구석을 자신이 못 다한 말이 떠올라 채워버린다. 그가 박지원에게 하려다 만 말은 이렇다.

'오농'과 '초창楚傖'은 사실 같은 뜻입니다. 초의 문인들 또한 오의 문인들 못지않게 창신을 추구한 글을 썼으니까요. 그러니까 이언진이 당신에게 '창부'라 한 건 당신 또한 공안파에 의존하긴 마찬가지 아니냐는 뜻이 되는 게지요. 이언진의 시가 자질구레하다면 당신의 글도 자질구레하다는 뜻이 되는 게지요.

자신이 끝내 하지 못한 그 말을 입 밖에 냈더라면 박지원은 어떤 반응을 보였을까? 그는 고개를 젓는다. 그는 박지원을 잘 알고 있다고 여겼다. 오늘의 만남을 통해 그 믿음은 사실과 다르다는 것을 확인했다. 박지원은 코끼리 같은 사람이다.[35] 어쩌면 그는 여태 박지원의 두툼한 다리만 만지고는 다 파악했다 여겼는지도 모른다.

그는 자신의 집을 향해 발걸음을 옮긴다. 누군가 으악 외치는 소리가 들린다. 잠깐 멈추어 귀를 기울인다. 더 이상 들리지 않는다. 이즈음 거리엔 광인이 많다. 새로운 유행이다. 아, 차라리 광인이 부럽다. 그 또한 정신 줄을 놓고 미친놈처럼 크게 한 번 소리 지르고 싶다. 사방을 마구 돌아다니며 마주치는 사람들, 사물들에게 속내를 다 털어놓고 싶다. 하지만 그는 그다. 예의에 어긋나는 행동은 그와는 어울리지 않는다. 그래서 그는 그저 입을 꼭 다물곤 고개만 한 번 끄덕일 뿐이다.

---

35. 박지원이 쓴 〈코끼리에 관한 기록(상기象記)〉를 읽어볼 일이다.

7

이언진의 사념思念
혹은 사념邪念

어느덧 해질녘이다. 하루 동안의 일을 기술할 이 이야기도 중반부를 넘어섰다는 뜻이다. 야구로 치면 5회 말쯤 되었다는 뜻이다.(다행인지 불행인지 모르겠으나 연장전은 없다!) 여태껏 쉴 틈 없이 읽어온 당신에게, 그래서 슬쩍 하품하는 당신에게 잠시의 휴식을 권한다. 커피를 마시든 과자부스러기를 먹든 기지개를 켜든 당신이 좋을 대로 기력을 보충하면 된다. 그래야 뭔가 있어 보이기는 하지만 끝까지 지지부진할 게 분명한 이 이야기를 정신 줄 놓지 않고 읽을 수 있을 테니.(전심전력을 다하고 있는 당신에게 위안이 될 만한ー큰 위안은 아니나ー말 한마디. 후반부는 전반부보다는 짧다.)

다시 골목길이다. 종일 걸었던 그는 골목길에 들어선 후에야 비로소 걸음을 멈춘다.

다시 골목길이다. 스스로가 골목길인 그가 골목길에서 떠나 골목길로 온 셈이다.

그사이, 무얼 했나? 그는 주먹으로 이마를 툭툭 친다. 하루 종일 어딜 쏘다녔는지 도무지 기억나지 않는다. 열불이 치밀어 올랐던 건 알겠는데, 고래고래 소리를 질렀던 건 알겠는데, 발바닥이 뜨겁도록 부지런히 돌아다녔던 건 알겠는데 세부 장소는 도무지 기억나지 않는다. 그의 머릿속에 존재하는 마지막 장소는 박지원의 집이다. 아니, 당신의 반박을 수용해 고쳐 말하자면 다가가지도 못하고 먼발치에서 바라본 박지원의 집이다. 그는 햄릿 같은 대사를 내뱉는다.

"종회鍾會[36] 같기는."

(느닷없이 등장하는 이런 문장들 때문에 당신이 독해에 어려움을 겪는 건 잘 안다. 하지만 우리가 다루고 있는 이들은 개인별로 다소 격차가 있기는 해도 당대 초일류 문인들이다. 그런 만큼 그들의 언어 세계는 우리와는 다르다. 달라도 많이 다르다. 그들의 수준을 낮출 수는 없으니 결국 우

---

36. 종회는 위진 시대 사람이다. 종회를 말하려면 앞서의 혜강을 다시 말해야 한다. 그러니 이제부터 하려는 건 종회와 혜강의 이야기다. 가장 잘 알려진 일화는 이른바 '대장간 사건'이다. 사마 씨 정권에 반대해 벼슬자리도 외면하고 대장간에서 일을 하고 있는 혜강 앞에 사마 씨의 충복인 종회가 나타난다. 종회는 혼자 혜강을 찾아오지 않았다. 화려한 옷을 입고, 아름다운 말을 타고, 한 무리의 사람들을 거느리고 나타났다. 혜강은 못 본 척 일만 한다. 눈이 멀지 않은 이상 못 보았을 리가 없는데 못 본 척 망치를 손에서 놓지 않는다. 종회는 한참을 서 있다 돌아선다. 돌아선 그 순간 혜강이 종회에게 묻는다. "무엇을 듣고 이곳에 왔는가? 무엇을 보았기에 돌아가는가?"(폼 나는 문장이다!)

리가 따라가야 한다. 치사하고 더럽기가 똥빤스급이지만 그게 현실이다.)

왜 종회 같다 했나? 그는 자신이 종회처럼 한심한 짓을 하리라곤 상상조차 하지 못했다. 문조차 두드리지 못하는 사람이 되리라곤 상상조차 하지 못했다. 골목길을 빠져나와 큰길로 접어들어 박지원의 집을 향해 갈 때만 해도 그의 마음은 삼 일 굳은 개똥보다 천 배는 더 단단했다.

'내 오늘은 이자와 만나 결판을 내리라.'

모진 결심은 박지원의 집이 보이기 시작하는 곳에서부터 무너졌다.

종회는 기다렸다는 듯 이렇게 대답한다.

"들은 것을 들었기에 왔고, 본 것을 보았기에 간다."(폼 나는 대답이다!)

이 사건의 파장은 컸다. 종회는 혜강이 한 무리의 사람들 앞에서 자신을 무시한 수모를 잊지 않았다. 혜강을 사형장에서 죽게 만듦으로써 치졸한 복수에 성공한다.

그렇다면 종회는 권력을 등에 업고 혜강을 죽인 치졸한 인간인가? 그렇지는 않다. 사실 '대장간 사건'은 어떤 사건의 결과다. 그 사건이 없었다면 대장간 사건도 없었을 것이다. 종회는 어릴 적부터 이름난 수재였다. 자라서는 당시의 인기 학문인 현학玄學(노장 사상)에 몰두했다. 그런데 문제가 하나 있었다. 하필 학문과 인품을 겸비해 모두에게 존경받던 혜강과 같은 하늘 아래 태어난 것이다. 그래서 종회는 어떻게 했나? 혜강을 찾아갔다. 자신이 새로 쓴 원고 하나를 들고 혜강을 찾아갔다.

둘은 만났나? 그렇지 않다. 왜? 혜강이 거부해서? 아니다. 그건 바로 종회 자신 때문이었다. 종회는 혜강의 집 앞까지 거침없이 다가갔다. 그런데 바로 집 앞에서 마음이 약해졌다. 왜? 부끄러웠다. 두려웠다. 혜강이 자신이 쓴 원고를 읽고 보일 반응을 생각하니 부끄러워지고 두려워졌다.(그가 하필 자신을 '종회'에 비유한 이유이기도 하다.) 그래서 종회는 원고를 집 앞에 던져놓고 되돌아갔다. 자신이 왔다는 소리도 내지 않고 그저 원고만 던져놓고 뒤돌아섰다.

사람 사이의 일이란 참 알 수 없다. 종회는 왜 혜강의 집 문을 두드리지 못한 걸까? 그를 집 앞까지 이끈 용기는 어디로 사라진 걸까? 종회는 결국 그날의 수치를 잊지 못하고 혜강을 괴롭혀 끝내는 죽음의 길로 몰아넣었다. 그 원인을 제공한 건 대장간 사건이 아니라 원고 때문이었다. 종회 자신이 혜강의 집 앞에 던져놓고 도망쳐버린 그 원고 때문이었던 것이다. 성대중의 문장대로 **글이란, 문인이란, 이래서 무섭다.**

무너진 마음을 다리가 제일 먼저 알아챘다. 갑자기 다리 힘이 빠져 더 걸을 수가 없게 되었다. 눈을 부릅뜨고 이를 악물었지만 한 번 멈춘 다리는 앞으로 나아갈 줄 몰랐다. 마치 벽이 있는 것처럼. 도저히 건널 수 없는 벽이 떡 하니 버티고 있는 것처럼 그 무언가가 그의 다리를 꽉 잡고 못 움직이게 했다. 보이지 않는 벽과 실랑이를 벌이다가 어느 순간 홱 돌아섰다. 홱 돌아섰는데 팽 눈물이 났다. 그 뒤로는 분노.

그는 《수호지》의 이규가 되었다. 쌍도끼를 휘두르는 이규가 되었다. 보이는 건 모두 다, 사람이건 동물이건 나무건 풀이건 보이는 건 모두 다 쌍도끼를 휘둘러 부숴버리고 마는 이규가 되었다. 쌍도끼를 들고 나타나자 사람들이 물러나고 개가 꼬리를 내리고 나무가 고개를 숙이고 풀이 시든다. 그래도 소용없다. 이왕 시작했으니 발본색원이다. 보이는 건 다 부순다. 쌍도끼를 마구 휘둘러 하나 남김없이 다 부수고 이렇게 외쳤다.

"이따거의 쌍도끼를 빌려 와 확, 확, 확, 부숴버렸으면! 손에 칼을 잡고 강호의 쾌, 쾌, 쾌, 쾌남들과 결교했으면!"

저 앞에 박지원이 보였다. 고개 숙이고 떨고 있는 박지원이 보였다. 박지원이라고 다를 건 없다. 박지원에 대한 애호와 바람과 경의는 이미 사라졌다. 보이는 건 모두 다 쌍도끼로 부숴버리기로 결심했으니 예외는 없다. 훌륭한 시도 몰라보는 박지원 같은 시답잖은 위인은 단 한 번의 도끼질이면 충분하다. 박지원을 단숨에 보내버리고 이렇게 외쳤다.

"밥은 하루 지나면 쉰내 팍팍, 팍팍, 팍팍 풍기고 옷은 한 해가 지나면 낡아버린다! 문장가의 난숙한 말투, 하! 하! 하! 너라고 안 썩을 방법이 있더냐?"

사방이 온통 피다. 하늘도 땅도 없다. 피로 물든 구름과 숲과 바다를 헤치고 걷는다. 살구꽃 피가 내린다. 아니 피로 된 비가 내린다. 찐득한 피를 맞으며 이렇게 외쳤다.

"사마천, 반고, 두보, 이백? 다 필요 없다! 《시경》, 《서경》, 《중용》, 《대학》? 육시랄, 개에게나 줘버려라! 난 차라리 《수호지》를 경전 삼아 읽을 테니!"

엉뚱한 순간에 화를 내곤 하는 당신도 잘 알다시피 분노는 올 때도 한순간이지만 사라질 때도 한순간이다. 제 볼일을 마친 분노가 씩 웃곤 썰물처럼 싹 빠져나간다. 손을 뻗어 잡으려 하지만 이미 분노는 뒤도 돌아보지 않고 사라진 뒤다. 남는 건 비참한 현실이다. 쑥스러운 맨얼굴이다. 지저분한 쓰레기다. 손에 들고 있기에도 버거운 쌍도끼를 수풀에 던져버린다. 그러나 허무는 얼굴에 바싹 붙어 떼기도 어렵다. 사람들이 그를 흘깃 쳐다본다. 백안시의 눈길이다. 아마 흥분을 못 이겨 소리라도 지른 모양이다. 고개를 숙인다. 분노와 쌍도끼를 한꺼번에 잃은 그에게 찾아온 건, 비참과 허무를 동시에 맛본 그에게 찾아온 건 부끄러움이다. 시작은 혜강처럼 당당했으나 결국엔 종회처럼 도망쳐버렸다. 종회? 종회는 혜강에게 복수라도 했다. 방법은 치졸해도 자신을 모욕한 혜강에게 확실한 복수를 해주었다. 그러고 보면 그는 종회도 못 된다. 모욕을 견디지 못하고 모략에 뛰어들어 혜강을 죽이고 만 그 어리석은 종회보다 더 어리석은 존재가 바로 그다. 그래서 쏘다녔다. 처음에는 분노와 함께, 그다음엔 비참과 허무와 함께, 나중에는 부끄러움과 함께 이 길 저 길을 쏘다녔다. 어디를 쏘다녔는지는 모른다. 분노, 비참, 허무, 부끄러움만 기억날 뿐 장소에 대한 기억은 하나도 없다. 그러다 어둠이 드리워지기 시작하는 저녁, 그는 다시 골목길에 있다. 아침에 떠났던 그 골목길에 스스로가 골목길인 그가 있다.

하루의 생은
허무하고,
허무하고,
또 허무하다.

거지 아이가 있으면 했다. 자신을 볼 때마다 손 내미는 거지 아이가 있으면 했다. 절 문턱 한 번 넘어본 적 없으면서도 선문답 같은 소리를 지껄여대는 그 거지 아이가 부처처럼 결가부좌하고 두 손가락을 뺨에 댄 채 삼층 똥 탑 앞에서 명상하고 있으면 했다. 왜 그런 기분이 들었는지 모르겠다. 그냥 거지 아이일 뿐인데.

없다. 삼층 똥 탑도 없고 아이도 없다. 똥 탑도 사라지고 거지 아이도 없으니 명상하는 거지 아이를 보고파 한 이유는 찾을 수도 없게 되었다. 후드득 새 한 마리가 난다. 깜짝 놀라 한 걸음 물러선다. 온통 검은 새다. 부리도 검고 눈알도 검고 발도 검고 온통 검다. 무섭다. 그럼에도 그는 버릇대로 세밀하게 관찰한다. 까마귀라 하기엔 부리가 너무 길고 크기도 너무 크다. 결정적으로 다른 건 발이 네 개란 사실이다. 삼족오三足烏는 들어봤어도 사족오四足烏는 처음이다. 눈을 비빈다. 다리 넷 달린 검은 새가 하늘을 낮게 날며 그를 본다. 손을 내민다. 새는 비웃듯 으흐 울고는 어둠 속으로 사라진다. 새가 사라진 하늘을 보며 그는 또 뚝딱 시 한 편 만들어낸다.

내가 새라면
꿩일 거야.
초록색에
금빛 돌고
푸른색에
자줏빛 도는,
어여쁜 꿩일 거야.

허어, 웃는다. 다 부질없는 소리다. 조선은 그의 말에 귀 기울이지 않는다. 불모와 야만의 땅이라 믿었던 일본에서 그는 아주 잠깐 희망을 보았다. 원숭이를 닮은 일본 문인들의 열광에서 아주 잠깐 빛을 보았다. 조선은 달랐다. 불룩 솟은 낙타 등이라 해도 묵묵부답이고 무지갯빛 꿩이라 해도 묵묵부답이다. 이백, 이필, 철괴보다 낫다 우겨도 조선은 전혀 귀 기울이지 않는다. 그래서 그는 광대가 된다. 관객도 없는데 목소리 높여 홀로 떠드는 광대가 된다. 홀로 탈 쓰고 과장되게 우는 광대가 된다. 박지원만은 다르리라 믿었다. 적어도 그만은 자신을 알아주리라 믿었다. **뿌리가 같은** 박지원만은 자신을 인정하리라 믿었다. 처음 시를 전할 때 심부름꾼더러 '나를 알아줄 분'이란 말을 잊지 말고 꼭 전하라 했으니 박지원만은 그의 진심을 믿어주리라 믿었다.(이로써 우리는 이덕무와 성대중이 모르는 또 한 가지 사실과 그의 속내를 함께 알게 되었다!) 부질없는 짓이었다. 박지원은 그의 진심을 무시하고 뿌리를 외면했다.

〈광릉산〉[37] 곡조를 소리 내본다. 종회의 계략에 걸린 혜강이 사형장의 이슬로 사라지기 전 칠현금으로 연주했다던 〈광릉산〉. 혜강이

---

37. 혜강은 의연하게 죽었다. 혜강은 칠현금을 빌려 생애 마지막 연주를 했다. 그 곡이 바로 〈광릉산〉이다. 아마도 종회는 그 자리에 있었을 것이다. 혜강이 고통스럽게 죽는 모습을 보기 위해 그 자리에 있었을 것이다. 혜강의 죽음만을 기다리던 종회에게 〈광릉산〉은 조곡으로 들렸을까, 행진곡으로 들렸을까? 기록에 없으니 알 도리가 없다. 이렇게 해서 사소하게 시작된 하나의 사건은 혜강의 죽음으로 비로소 일단락이 된다. 혜강의 집 앞에 원고를 던져놓고 도망쳐버린 그 작은 사건은 셰익스피어풍의 완벽한 비극으로 장엄하게 마무리가 된다. 무대가 그리스라면 신들을 위한 코러스가 울려 퍼졌을 것이고.

죽은 뒤 〈광릉산〉 곡조는 사라졌다. 그 누구도 〈광릉산〉 곡조를 기억하지 못한다. 그러니까 그가 입으로 흉내 내는 곡은 〈광릉산〉일 리 없다. 그럼에도 그는 제 입으로 내는 소리가 바로 〈광릉산〉이라 여긴다.(이 대목에서 그는 이번에는 종회가 아닌 혜강에게 감정 이입을 하고 있다. 그의 마음이 가해자와 피해자를 오가고 있다는 뜻이다. 이 부분은 꽤 중요하다. 물론 그 의미는 다양하게 해석 가능하다. 이를테면 어느 순간부터 우리가 가해자로 못 박고 있는 박지원이 실은 피해자가 아닐까 하는 등의 파격적인 해석 말이다.) 그의 소리에 귀 기울이는 이 아무도 없는 조선에서 제가 내는 소리가 다름 아닌 〈광릉산〉이거니 여긴다. 입으로 낸 소리가 제법 커서 귀 밝은 골목길 사람들 중엔 들은 이도 있었을 것 같다. 그러나 무엇이 대수랴? 그 소리는 아마도 그저 까마귀 비슷한 놈이 내는 껵껵 소리처럼만 들렸을 것이다.

한바탕 〈광릉산〉을 부른 후 혹은 까마귀 비슷한 놈처럼 껵껵대고 운 후에야 그는 자신의 집이 자리한 골목길에 들어선다. 짧고도 길었던 하루의 방황을 끝내고 마침내 집이 보이는 골목길 입구에 선다. 집이 보인다. 웃음이 나온다. 왜냐고? 좋으니까. 집은 집이니까.

당신에게 조언한다. 레이스를 마쳤다고 생각할 때 조심하길. 다 끝났다고 생각할 때 경계하길. 집이 보이는 순간 집이 사라진다. 그의 눈이 갑자기 멀었다. 어둡다. 칠통漆桶 같다. 눈이 먼 칠통이 되었으니 귀가 민감해진다. 하여 소리가 들린다. 으 혹은 워, 스 혹은 사, 하 혹은 후,

언어로 규정하기 어려운 소리가 들린다. 낯설다. 다른 한편으로는 낯익다. 생각난다. 기억난다. 털보, 곰보, 혹부리다. 그들 중 한 명이 귀에 대고 내던 소리다. 처음엔 작았던 소리가 점차 커지더니 고막을 찢을 듯 울리더니 순식간에 사라진다. 이런 소리를 들었노라 해도 아무지 믿지 않을 소리. 시어로 옮기려 해도 옮길 수가 없는 소리. 다른 이에게 전달할 길이 없는 소리. 칠통 같은 소리.

무섭다. 눈은 멀었고 귀는 괴성의 요람이다. 눈을 감았다 뜬다. 어둠이 옅어진다. 다시 길이 보인다. 집이 보인다. 주위엔 아무도 없다. 그저 고요가 자리 잡았을 뿐. 벽에 기댄다. 단전에 힘을 준다. 서서히 평안이 찾아온다. 잠시의 눈멂, 잠시의 칠통 같은 어두움을 통해 깨달음도 하나 얻었다. 어두운 건 바로 내 마음이로구나, 하는. 그렇다면 그 소리는 뭘까? 골목길은 고요한데, 아무도 없는데 그의 귀를 괴롭힌 그 소리는 뭘까, 누가 낸 걸까? 그 소리는 도대체 어떻게 표현하고 전해야 할까?(예언자는 아니나 감히 당신에게 귀띔한다. 이덕무와 성대중도 비슷한 현상을 경험할 것이라고.)

모르겠다.

모르겠다.

오늘 따라 하나도 모르겠다.

그는 고개만 젓는다.

이웃집에서 여인네의 비명 소리가 난다. 우당탕 소리도 난다. 또 다른 집에선 아이 투정 부리는 소리가 난다. 밥 달라는 투정이다. 소 달구지 덜컹거리는 소리가 멀리서 들린다. 웃는다. 그래, 다시 골목길이다.[38] 갑자기 운아가 보고 싶어진다. 아버지의 마음을 다 아는, 성인처럼 웃는 운아가 보고 싶어진다. 그는 외친다.

"운아야! 운아야, 아비가 왔다!"

사립문을 열고 안으로 들어선다. 누군가 그를 보고 자리에서 일어난다. 혹시 그자? 그는 깜짝 놀란다. 아직 미련을 못 버린 그의 마음이 막연한 기대로 마구 설렌다.

---

38. 서정주의 시 〈골목〉을 인용한다.
"날이 날마다 드나드는 이 골목. 이른 아침에 홀로 나와서/ 해지면 흥얼흥얼 돌아가는 이 골목."
무슨 뜻이냐고? 모르겠다. 골목길이란 게 그냥 그렇다는 이야기다. 시는 이승원의《미당과의 만남》(태학사, 2013)에서 인용했다.

8
성대중의 사념思念
혹은 사념邪念

마루에 앉아 있던 그는 사립문이 열리는 걸 보고 자리에서 일어난다. 그는 이덕무 같은 심리학자는 아니다. 그렇다고는 해도 놀라며 다가오던 이언진의 얼굴에 잠깐이지만 노골적인 실망감이 머물렀다 사라진 것을 놓칠 정도로 대책 없이 무디지는 않다. 이언진이 기대한 인물이 누구이건 그가 아닌 것만은 분명하다. 봉상시 판관인 그는 이 사태를 어떻게 받아들이는가?

괜찮다.
다 괜찮다.

그는 한 술 더 뜬다. 감정도 못 읽는 무딘 인간인 척 일부러 더 활

달한 목소리를 낸다.

"어딜 갔다 이제야 오는가?"

"일이 좀 있어서요."

"책 빌리러 갔던 건 아니고?"

"그걸 어떻게……. 하여간 아닙니다."

문틈으로 동정을 살피던 아이가 뛰쳐나와 이언진의 품에 안긴다. 이언진의 아내가 곧바로 따라 나와 아이를 데리고 다시 방으로 들어간다. 곧바로 울음소리가 이어진다. 여인이 아이를 혼내는 소리도 추가된다. 잠시 후 방안은 조용해진다. 이언진이 윤기 없는 목소리로 묻는다.

"감히 상상도 못했습니다. 어떻게 이 누추한 곳까지 오셨습니까?"

"근처를 지나다가 생각이 나서 들렀네."

물론 거짓말이다. 그는 우리가 알고 있듯 낮에도 이 집을 찾아왔다. 똥 밟은 채로 사립문을 열고 들어와 이언진의 동생 이언로에게 편지까지 남겼다. 외출한 이언로가 돌아오면 이언진은 그 사실을 알게 될 것이다. 그가 인삼을 무기로 자신이 베낀 책과 자신이 쓴 시를 허락도 없이 몰래 보았다는 사실 또한 알게 될 것이다.(보기와는 달리 소인보다 군자에 가까운 이언로는 '여안의 봉'에 얽힌 낯 뜨거운 사연은 전하지 않을 것이다.)

조만간 들통 날 거짓말이라는 불안한 비밀을 안고 있는 봉상시 판관은 이 사태에 어떻게 대처하는가? 그저 가만히 있기로 한다. 오늘만도 벌써 두 번째 방문이라는 비밀 아닌 비밀을 자신의 입으로는 절대 누설하지 않으려 한다. 그렇다고 그가 이언진이 아무것도 모른다고 믿고 있다는 뜻은 아니다. 이언진은 역관이다. 역관은 말을 읽는 사람들이 아니다. 심중의 언어를 읽는 사람들이다. 들리는 말을 그대로 통역하는 역관은 경력이 일천한 역관이다. 능숙한 역관은 언어와 언어 사이의 침묵 속에서 상대의 말을 읽는다. 그런 만큼 그들의 눈치는 웬만해서는 따라갈 수가 없다. 그의 말이 심중의 언어와는 한참 멀리 떨어져 있다는 사실을 이언진이 모를 리 없다는 뜻이다. 하긴, 역관이 아니더라도 그 정도는 유추할 수 있다. 무엇보다도 이언진의 집은 절대 우연히 들를 수 있는 곳에 있지 않다. 대개의 골목길에 자리한 집들이 그렇듯 작심하지 않고서 지나다 우연히 발견해 들르기란 길에서 주운 로또가 일등에 당첨될 확률보다 조금 더 높은 정도에 지나지 않는다. 다행히 이언진은 수긍하고(하는 척하고) 더 캐묻지 않는다.

"오래 기다리셨습니까?"

"아닐세. 조금 전에 왔네."

그건 거짓말이 아니다. 헛걸음을 하고 쫓기듯 돌아간 그는 하루 종일 아무 일도 하지 못했다. 노력을 하기는 했다. 이언진의 시를 베껴 쓰고 《주역》과 《논어》를 뒤적거리며 마음을 다잡으려 했다. 참된 선비처럼 행동하며 조선국 봉상시 판관의 체신을 지키려 애를 썼다. 소용없는 짓이었다. 마음은 여전히 이언진의 집에 머물러 있었다. 그렇다면 어찌 해야 하나? 성인보다 한 급 떨어지는 '아성亞聖' 맹자가(성인의 세계에도 '급'은 존재한다!) 강력하게 주장했듯 집 나간 마음을 찾아오는 것 말곤 다른 방법이 없다. 그래서 조금 전 이언진의 집을 다시 찾은 것이다.

쑥스럽진 않았느냐고? 별로 그렇지는 않았을 것이다. 매사가 그렇다. 처음이 어려울 뿐이다. 첫 똥칠이 난감할 뿐이다. 두 번째, 세 번째는 아무것도 아니다. 쑥스럽기는커녕 용기가 생겼다고 말할 수 있으리라. 왜냐고? 하루에 두 번이나 방문했으니 패도 다 보인 셈이다. 이언진에게서 호의를 기대할 수 없다는 사실도 잘 안다. 허망한 기대 따위는 없으니 부끄럼도 없다! 따로 방이 없는 이언진은 불편해하는 그의 얼굴을 보고 난 후에야 그를 동생의 방으로 안내한다. 그는 자리에 앉자마자 호의를 기대하지 않은 이답게 직설적으로 자신의 속내를 드러낸다.

"자네의 시를 갖고 싶네."

"그에 대해선 이미 답을 드리지 않았습니까?"

"그 상처딱지 말인가? 자네 말이 맞네. 난 상처딱지를 좋아한다네. 그러니 내게도 좀 나눠주게."

"진심이십니까?"

"진심이라네."

이언진이 주먹을 쥐었다 편다. 입술을 깨물었다간 다시 입을 살짝 벌린다. 요약하자면 불만스러운 표정이다. 그는 모른 척 손으로 수염을 쓰다듬는다. 날카로운 손톱을 생각하며 느릿느릿 쓰다듬는다. 그의 뻔뻔함이 통했다. 이언진이 말한다.

"마음이 산란해서 좋은 시를 통 쓰지 못했습니다. 하품下品이라도 괜찮으시겠습니까?"

"괜찮네. 자네가 쓴 시라면 다 괜찮네."

"정 그러시다면…… 잠시만 기다리십시오."

이언진은 고개를 숙여 보인 후 안방으로 간다. 아이의 웃음소리가 들린다. 아이가 더듬거리며 뭐라 말하자 이언진이 대꾸하는 소리가 들린다. 그 소리가 그에겐 꼭 저 아저씨 똥 하며 놀리는 소리로 들린다. 홀로 남은 그는 열린 문을 통해 하늘을 본다. 해는 떨어졌으나 하늘은 아직 완전히 어두워지지는 않았다. 그 빛을 등불 삼아 자신이 맨 처음 접한 이언진의 시를 생각한다. 〈바다 구경을 하다〉가 바로 그것이었다. 그 시를 접한 순간 그는 자신이 이언진의 재능을 한눈에 알아보았다고 믿는다. 이언진이 외로운 배 안에서 누구를 떠올리며 그 시를 썼는지도 단번에 알아보았다고 믿는다. 그 사람은 바로 박지원이었다.

물론 이언진은 그의 견해에 절대로 동의하지 않을 것이다. 그 시를 쓰면서 떠올린 사람이 있기는 한데, 그 사람은 자신의 하나밖에 없는 스승인 이용휴이지 박지원은 절대 아니라고 목청을 높일 것이다. 〈바다 구경을 하다〉에는 드러나 있지 않지만 이후 쓴 시에는 스승에게 바친다는 헌사가 분명히 있다는 걸 보이며 그러니 〈바다 구경을 하다〉 또한 절대 박지원을 떠올리며 쓴 시는 아니라고 주장하고 또 주장할 것이다. 그럼에도 그는 자신의 견해를 바꿀 생각이 없다. 그가 보기에 〈바다 구경을 하다〉는 박지원이 즐겨 쓰던 장편 시[39]들과 판박이였다. 혹여 당신처럼 호기심 많고 따지기 좋아하는 사람이 왜 그렇게 생각하느냐고 눈 크게 뜨고 물으면 그에겐 할 말이 별로 없다. 어려운 운의 사용과 장시라는 것을 제외하면 공통점이 그다지 많지 않으니까. 두 사람의 시가 유난히 새롭다는 특징 말고 비슷한 점은 찾기 힘들다. 그러니까 그냥 그의 느낌이다. 그런 겉핥기식의 주관적인 분석 말고 더 구체적이며 모두가 공감할 증거를 대보라고 하면 문학 논쟁에 익숙하지 않은 그로서는 손사래 치며 물러날 수밖에 없다. 그럼에도 그는 절대 자신의 견해를 바꾸지는 않을 것이다. 〈바다 구경을 하다〉를 처음 읽었을 때 저절로 박지원의 장편 시들이 떠올랐고 그 뒤로 그 생각은 그의 믿음이 되었다. 두 사람의 시는 닮았다. 쌍둥이처럼.

따지고 드는 당신에게는 아무 말 못하지만 백설공주의 계모가 애

---

39. 시대적으로 약간 뒤이기는 하나 〈총석정관일출叢石亭觀日出〉이 좋은 예가 될 수 있다.

용하던 거울 앞에서라면 그는 이렇게 비밀을 털어놓았을 것이다.

　두 사람의 시는 닮았다.

　재능이 뛰어나다는 점에서.

　재능을 드러내고 싶어 안달복달한다는 점에서.

　당신은 그의 사념思念 혹은 사념邪念을 통해 그의 생각을 읽어야 한다. 그의 사념을 읽으면 우리는 하나의 결론에 이르게 된다. 이언진이 박지원에게 시를 보낸 건 어쩌면 배 위에서 시를 쓰던 그때부터 예정되어 있던 일이란 뜻이다. 해가 뜨면 저물듯, 꽃이 피면 지듯, 나비가 꽃을 유린하듯, 비와 바람이 헌 꽃을 버리고 새 꽃을 선택하듯, 슬프면 울듯, 태어나면 죽듯, 죄 없는 예수가 우리의 죄를 대속하듯.

　이언진은 인정하지 않겠지만, 손 흔들어 부인하겠지만, 그것이 운명의 속성이다. 정해지면 절대로 바뀌지 않는다.

　이언진이 돌아온다. 시 한 편을 그에게 건넨다. 그가 소리 내어 읽는다.

　엄원의 기세,

　문단의 참된 주인.

　풍수에서 말하는

큰 줄기 용맥.

눈 밑에 석공의 많은 무리들.

그에 비하면 모두 자손봉우리.

그의 표정이 어두워진다. 기대가 크면 실망이 큰 법. 그는 속으로
이렇게 외친다.

'이건 도대체 뭔가?'

시의 좋고 나쁨이 문제가 아니다. 시에서 드러나는 시인의 태도가
그를 우울하게 한다. 엄원은 의고파 시인 왕세정이다. 석공은 원굉도
다. 왕세정이 한물간 유행이라면 원굉도는 젊은 문인들이 너도나도
추앙하는 문인이다. 박지원이나 이덕무도 바로 이 원굉도의 영향을
받았다. 그들은 그저 '참조'만 했을 뿐 '영향'을 받은 것까지는 아니라
고 하나 그도 그 말의 사실 여부를 정확히 판단할 정도의 식견은 있
다. 그들은 분명 영향을 받았다. 그런데 이언진은 지금 그런 무리들
을 싸잡아 비난하고 있는 것이다. 박지원, 이덕무를 비롯한 많은 문
인들이 감탄하며 읽는 원굉도의 글은 실은 그들이 한물갔다고 믿는
왕세정의 발밑에도 못 미친다 주장하고 있는 것이다. 삐딱하다. 괴이
하다. 안 그래도 삐딱하고 괴이했는데 박지원의 거절까지 더해져 더
삐딱하고 괴이해졌다. 그로선 이 시에 대해 도대체 뭐라 해야 할지
모르겠다.

"만족하십니까?"

난감한 질문에 말머리를 돌린다.

"글쎄, 뭐라고 해야 할지……. 왕세정은 나도 높이 평가하지만 그렇다고 원굉도를……."

"그렇다면 이건 어떻습니까?"

이언진은 그 자리에서 붓을 들어 시를 쓴다.

시는 투식을,

그림은 격식을 버려야지.

상투적인 틀(과구窠臼)을 뒤엎고

관습의 좁은 길(혜경蹊徑)에서 벗어나야지.

앞에 간 성인의 길,

따르지 말아야 후대의 진정한 성인이 된다.

이건 또 뭔가? 새로운 시는 더 난감하다. 조금 전 이언진은 의고파인 왕세정을 높이 평가하는 시를 보여주었다. 그런데 지금 쓴 시는 창신을 강조하는 원굉도를 극찬하고 있다. 과거의 전범을 따르는 의고파와 과거의 전범을 무시하는 공안파가 과연 양립 가능한 것일까?

'지금 나를 시험하고 있는 건가?'

도무지 알 수가 없다. 입으로는 왕세정을 좋아한다 말하고 행동은 원굉도를 찬양하는 격이니. 적당한 말로 반박하면 좋겠지만 그건 그의 능력 밖이다. 입을 열지 못하는 그에게 이언진이 화두를 던진다.

"방금 쓴 시는 그자에게도 보냈었지요."

"정말인가?"

"내내 묵묵부답이더니 이 시를 보자마자 답장을 보내더군요. 그자의 비속함이 그 정도랍니다."

그자는 박지원일 게다. 그는 박지원을 '그자'라 칭하는 이언진의 말에서 당혹과 분노를 읽는다. 돌멩이처럼 단단한 분노의 크기를 가늠하며 이언진이 한 말의 의도를 생각한다. 그자에게 이 시를 보냈다? 왜일까? 지금 이 시가 박지원에게 보낼 만큼 뛰어난지는 사실 그로서는 잘 모르겠다. 시라기보다는 일종의 선언같이 들렸으니. 그런데 궁금해진다. 왜 박지원은 다른 시에는 묵묵부답하다가 이 시에 반응을 한 것일까? 그것도 발끈하는 반응을. 그는 고민하나 답을 찾지는 못한다. 그래서 그는 자신을 땅바닥에 내려놓는다.

"자네가 날 높이 평가하지 않는 건 나도 잘 알고 있네."

벽에 부딪히자 갑자기 엉뚱한 진실을 토로하는 그의 태도를 당신이 어떻게 생각하는지는 잘 모르겠다. 그러니 다만 그의 말과 관련한 기록만을 전할 뿐이다. 일본에서의 일이다. 이언진과 필담을 마친 일본 문인이 그의 방문을 두드리더니 이언진이 쓴 필담 내용의 일부를 보여주었다.

속인을 마주해서는 세속을 벗어난 말을 하기 어렵고, 장님을 마주해서는 비단 무늬의 아름다움을 이야기하기 어려운 법이지요.[40]

이언진은 제술관製述官과 서기들을 싸잡아 속인이라 비난했다. 그가 바로 서기이니 이는 그 또한 속인이란 뜻이었다. 이언진과 필담을 나누기 전 그와 먼저 필담을 나눈 그 일본 문인은 그 글을 보이며 고개를 살짝 저었다. 이언진의 무례를 비난하는 것이겠지만 그의 눈엔 이언진이 쓴 문장밖에는 들어오지 않았다. 이언진의 말뜻은 너무도 명확했다. 너희들은 입만 살아 있지 실은 문장도 제대로 모르는 멍청이들이다!

지금 이언진은 그의 느닷없는 고백을 듣고도 아무 말 하지 않는다. 듣지 못한 사람처럼 묵묵부답일 뿐이다. 물론 묵묵부답은 실은 다 들었다는 뜻이다. 그 묵묵부답이 그를 더 괴롭힌다. 묵묵부답은, 그의 말을 굳이 부인할 필요조차 못 느낀다는 뜻이니. 그가 화를 냈을까? 아니다. 그는 온화한 사람이라고 이미 여러 번 밝혔다. 그는 봉상시 판관답게 격조 있는 훈계를 시작한다.(그로서는 고심 끝에 나온 행동이겠지만 우리는 그 훈계가 먹힐 턱이 없다는 사실을 이미 잘 알고 있다.)

"자네 시는 참 좋네. 아름답네. 문제는……."

---

40. 이언진은 이렇게도 비난했다.
"외국의 문인과 마주해서는 진실된 학문을 이야기하며 서로 절차탁마함이 옳겠지요. (제술관과 서기들처럼) 필설을 낭비하면서 쓸데없는 이야기를 해서야 되겠습니까?"

"좋고 아름다운데 무엇이 문제입니까?"

"자네 능력이 뛰어난 것도 잘 알겠네. 하지만 때론 고개를 좀 숙이게. 재주 '재' 자 모르는가? 획이 안으로 삐쳐 있지 않은가? 재주 '재' 자의 교훈을 한 번만 새겨보게나."

"명심하겠습니다."

"자네는 입으로는 왕세정을 말하지만 시는 또 다르네. 뭐랄까, 특이하고 기괴해서, 너무 창신 쪽에만 치우쳐 있네. 물론 옛 문장 그대로 옮겨 쓰라는 말은 아닐세. 다만 조금만 균형을 잡으라는 것이지."

"명심하겠습니다."

입으로는 명심하겠다고 하나 표정은 정반대다. 이언진의 얼굴엔 엷은 웃음마저 떠올라 있다. 그래서 그는 이렇게 말한다.

"자네 마음은 잘 알고 있네. 자네를 몰라주는 세상이 억울하고 화가 나겠지. 다 부숴버리고 싶겠지. 나도 그랬네. 한때는 울분을 참기 어려웠다네. 하지만 일에는 순서가 있는 법이야. 나도……."

"나리는 저를 아십니까?"

"그야 자네는……."

"밤이 깊었습니다."

이제 그만 일어나라는 소리다. 듣기 싫은 소리는 그만 내뱉고 어서 떠나라는 소리다. 박대도 이런 박대가 없다. 그는 서둘러 일어나면서도 시는 챙긴다. 어차피 버린 자존심이다. 시까지 버릴 수는 없다. 자존심은 무형이나 시는 유형이다. 그는 입술 한 번 잘근 깨물고 내친 김에 비굴의 극단 모드를 선보인다.

"일본에서 쓴 시도 좀 보내주게나. 최근에 쓴 다른 시 몇 편도 함께 보내주면 좋겠고. 박지원은 '그자' 나름의 입장이 있어 자네를 외면하겠지만 나는 다르네. 난 자네 편일세. 가진 권세야 별것 없지만 그래도 권세는 권세이니 힘닿는 대로 자네를 돕겠네."

이언진의 입술이 꿈틀댄다. 이언진은 손바닥으로 입술을 살짝 가리며 말한다.

"밤이 깊었습니다."

"내 말을 꼭 다시 한 번 되새겨주게. 나를 믿고 기다리게. 그러면……."

"시에 대해 대체 무엇을 아십니까?"

"그게 무슨……."

"시가 대체 뭐라고 생각하십니까?"

"아니 나는……."

"왕세정은 누구이고 원굉도는 누구입니까? 법고는 뭐고 창신은 뭡니까?"

"그야……."

"시인이란 도대체 무엇입니까?"

"그건……."

"그럼 조언일랑 그만두십시오."

"자네는, 자네는 왜 유독 나에게만 못되게 구는가?"

그의 흥분된 목소리가 튀어나온 순간이다. 제어되지 못한 목소리는 평소보다 가늘고 떨림도 섞여 있다. 실수를 깨달은 그는 입술을 꼭 깨물곤 수염을 쓰다듬는다. 이언진이 주먹을 쥐었다 풀며 말한다.

"그런 일은 없습니다."

당사자가 아니라고 하니 더 이상 대꾸할 말이 없다.

그는 쫓기듯 밖으로 나온다. 이언진은 사립문 밖으로도 나오지 않고 그냥 안방으로 들어가버렸다. 아이의 웃음소리가 들렸다 사라진다. 똥, 똥, 똥, 환청이 들린다. 홀로 골목길에 선 그의 속에서는 뜨거운 무언가가 솟구친다. 속에 두고 견디기 어려워 밖으로 내뱉는다.

"내 다시는……."

그러나 그는 말을 잇지 못한다. 그는 자신을 잘 안다. 제대로 된 시를 받지 못했으니 다시 또 이 골목길을 걸어오리라는 걸, 아니 제대로 된 시를 받더라도 또다시 이 골목길을 서성거리리라는 걸 그는 잘 안다. 갑자기 눈앞이 번쩍한다. 새 한 마리가 그의 어깨를 스치고 날아간다. 어깨를 감싸 쥐고 하늘을 본다. 까마귀다. 범조인 까마귀는 하늘을 낮게 맴돌다 멀리 날아가버린다.(네 다리에 주목하지 못한 그의 거친 시선을 차마 욕할 수는 없다.) 구름으로 얼룩진 하늘이 보인다. 제멋대로 자리한 꼴이 꼭 이마두利瑪竇(마테오 리치)의 〈곤여만국

전도坤輿萬國全圖)에 나오는 땅들 같다. 이언진의 시[41]를 생각하던 그의 머리에 《교우론》의 문장이 떠오른다.

'지금 세상에 진실한 친구는 남아 있지 않다.'

그가 바라는 건 하나다. 그는 이언진의 진실한 친구가 되고 싶다. 험난한 세상 잘 헤쳐 나가도록 도와주고 싶다. 그러나 상대는 그의 마음을 몰라준다. 그는 지저분한 하늘을 한참 더 바라보다가 천천히 걸음을 옮긴다. 이덕무가 떠오른다. 이덕무를 찾아가 속내를 털어놓고 싶다. 그러나 그건 스스로를 또 한 번 바보로 만드는 일이다. 그는 고민한다.

가야 하나, 말아야 하나.

가야 하나, 말아야 하나…….

---

41. 이언진의 시 〈바다를 구경하다〉는 이렇게 시작한다.
　"대지에는 만국이 있어(곤여내만국坤輿內萬國), 바둑돌, 혹은 별처럼 줄 지어 놓였네."

이덕무의 사념思念
혹은 사념邪念

"시는 투식을, 그림은 격식을 버려야지. 상투적인 틀(과구窠臼)을 뒤엎고 관습의 좁은 길(혜경蹊徑)에서 벗어나야지. 앞에 간 성인의 길, 따르지 말아야 후대의 진정한 성인이 된다."

그가 시를 철학서의 문장처럼 읽는 동안 성대중은 입을 쑥 내밀고 툴툴거린다.

"도무지 말이 안 통하는 위인이니."

성대중은 오늘 이언진의 집을 두 차례나 방문했다고 한다. 웬만한 일에는 나서지 않는 성대중이다. 여럿이 모이는 술자리에도 서너 번에 한 번 정도만 참석하는 성대중이다. 원굉도를 읽었으면서도 공식 석상에서는 절대 그 사실을 인정하지 않는(원굉도를 인정한다고 별일이 생기는 것도 아닌데 말이다.) 성대중이다. 왕양명에 이탁오李卓吾를 읽었으면서도 양명학 이야기만 나오면(왕양명과 이탁오를 인정하는 건 약간의 문제는 된다. 그저 약간의.) 자세부터 가다듬는 성대중이다. 그렇듯 혹시라도 흠 잡힐까 싶어 매사에 신중한 성대중이다. 그런 성대중이 이언진에게는 정성을 다하고 있다. 수모를 감수하면서도 후견인을 자처하고 있다.(우리는 실은 그 이상이라는 사실을 안다.) 인생이란 참 개똥 같아서 지극한 정성이 언제나 상대에게 감화를 주는 것은 아니다. 때론 하늘도 감동시킬 만한 정성에도 불구하고 개무시를 당하기도 하는데 이언진에게 매달리는 성대중의 경우가 바로 그렇다.

이즈음에서 궁금한 건 그의 속내일 터. 그는 성대중이 이언진에게 매달리는 이 사태를 도대체 어떻게 생각하는가? 성대중이 알았다면 비관에 빠졌을 것이다. 그래서 그는 당신에게만 살짝 속내를 털어놓는다.

'성대중은 훌륭한 사람이지만 사실 이언진에게 썩 잘 어울리는 상대는 아니라오.'

신중하고 예의 바른 그는 그 한 문장만을 말했다. 그 정도면 그로서는 최선을 다한 셈이다. 힌트를 주었으니 이유는 우리가 추측해야 할 터. 자, 이런 추측은 어떨까? 성대중은 장점이 많은 사람이다. 온화하고 진중하고 끈질기다는 것. 그랬기에 성대중은 나이에 비해 빠른 성취를 이루었다. 신분에 비해 엄청난 성취를 이루었다. 그러나 성대중을 성공의 길로 이끈 그 장점은 이언진에게는 장점이 아니라 단점이다. 분노하고 타협하지 않고 홀로 높이 선 이언진의 눈에 성대중은 답답하기 그지없고 소아적인 사고에 매몰되어 있는 사람이다. 평생을 관청에서 근무하다 죽을 사람이다. 종합하자면 이언진은 성대중이 시인과는 하등 관계가 없는 사람이라고 굳게 믿고 있는 것이다.

말 나온 김에 이언진과 박지원의 관계에 대한 생각도 그의 입을 통해 들어보자.

'글쎄, 이언진은 박지원만은 다르리라 여긴 것 같소. 왜 그렇게 생각했는지 그 이유에 대해선 아직 단언할 수는 없지만.'

역시 신중한 표현이다. 구체적인 생각은 하나도 드러내지 않았으니 우리가 주목해야 하는 건 무상한 인간관계다. 이언진이 믿은 박지원은 정작 그에게 어떻게 했나? '오농세타'란 적나라한 표현으로 이언진을 비난하고 무시했다. 이 부분에 대해선 그 또한 무척이나 마음 아프게 여긴다. 문제의 '오농세타'가 튀어나오기 전 이언진이 박지원에게 보낸 시를 방금에야 읽었기에 그의 마음은 더 아프다. 왜 그런가?

성대중은 창신을 유난히 강조하는 이 시에서 원굉도의 그림자를 보았다고 했다. 성대중의 생각은 틀리지 않다. 상투적인 틀을 뒤엎고 관습의 좁은 길에서 벗어나야 한다고 하니 창신에 목숨을 걸다시피 한 원굉도의 영향을 느끼는 건 자연스럽다. 그렇다면 그의 마음이 이 시 때문에 더 아파진 이유는 무엇 때문일까? 시에 쓰인 용어 때문이다. 시에 쓰인 용어를 통해 이언진이 원굉도를 왕세정 못지않게,

아니 어떤 의미에서는 왕세정보다 더 따라야 할 존재로 여기고 있음을 파악했기 때문이다.(이래서 우리는 사람의 말을 액면 그대로 믿을 수 없다.) '과구'와 '혜경'이란 용어가 바로 그것! '과구'와 '혜경'은 원굉도가 의고파를 비난하기 위해 즐겨 쓰던 용어인 것! 그런 의미에서 이언진이 자신의 시를 받고도 내내 묵묵부답이던 박지원에게 이 시를 골라 보낸 건 특별한 의미를 지닌다. 이언진이 이 시를 통해 박지원에게 하고자 한 말은 이렇다.

'당신과 나는 실은 **뿌리가 같은** 사람입니다. 그러니 나를 거부하지 마십시오.'

박지원과 이언진에게는 원굉도라는 공통분모가 있다는 뜻이다. 문장에서는 형제나 다름없다는 뜻이다. 그러니 자신을 버리지 말고 받아달라는 뜻이다. 이언진으로서는 자신의 패를 다 보인 셈이다.(뿌리 운운한 이언진의 속내를 이미 들은 우리는 머릿속으로 유추해낸 그의 결론이 실로 대단한 것임을 인정할 수밖에 없다.)

이언진의 민낯을 본 박지원은 어떻게 했나? 박지원은 즉각적으로 이언진을 거부했다. '오농세타'라는 표현을 통해 자신이 원굉도의 수하가 아님을 밝혔다. 무슨 뜻인가? 이언진에게 더 이상 수작부리지 말라고 통보한 것이다. 진심마저 무참히 밟힌 이언진은 참으로 비통했으리라. 끓어오르는 화를 참을 수가 없었으리라. 그래서 나온 표현이 바로 '창부'다. 하지만 창부를 단순한 격정의 표현으로 받아들이면 그건 이언진의 속내를 잘못 읽은 것이리라. 이언진은 그냥 물러서지 않았다. 박지원의 약점을 끝까지 물고 늘어졌다. 그러니까 창부라는 표현 뒤에 숨어 있는 진짜 문장은 이렇다.

'너의 뿌리가 공안파에 있는 걸 내가 다 아는데 왜 거짓말을 하고 부인하고 난리를 치느냐?'

그렇다면 문제는 다시 박지원이다. 이언진이 제시한 원굉도라는 공통분모를 거부한 건 과연 타당한가? 박지원의 입장에서는 그럴 수도 있겠다. 이즈음 박지원은 법고창신에 몰두해 있었으니. 다시 말하자면 의고파(거칠게 말하면 법고)와 공안파(거칠게 말하면 창신)를 넘어서는 제3의 길을 찾고 있었으니. 그러나 의고파와 공안파를 넘어서기 위해서는 전제 조건이 있으니 그건 바로 의고파와 공안파에 대한 정확한 이해가 선행되어야 한다는 것이다. 물론 잘 알기 위해 반드시 좋아할 필요는 없다. 순수한 학문적인 경지에서 연구할 수도 있을 테니까. 그렇다면 문제는 박지원이 과연 공안파를 연구 대상으로만 보았느냐, 깊게 좋아했느냐로 귀결된다. 그는 그 지점에서는 회의적이다. 1년 전만 해도 박지원은 공안파에 푹 빠져 살았다. 어떻게 그리 단정 지어 말할 수 있느냐고? 박지원과 함께 공안파의 글을 읽고 비평하고 무릎 치며 감탄한 이는 바로 자신이기 때문이다.

"……, 관우 때문이라오."

성대중의 말이 그를 복잡한 사념思念 혹은 사념邪念에서 벗어나게 한다.

"뭐라고 하셨습니까?"

"이언진의 부친이 이언진을 얻기 전 관왕묘를 찾아가 빌었다고 합니다. 제발 뛰어난 문장가가 태어나게 해주십시오, 하고 말이오."

"그랬군요."

"영험하기도 하지, 지금 이언진의 문장이 저토록 뛰어난 걸 보면. 그러니 다 관우 때문이라오."

그는 성대중의 말을 들으며 공안파 공부가 한창이던 시절 들은 박지원의 말을 생각한다.

'내 사주는 마갈궁에 속한답디다. **남의 비방을 들으며 살아야 하는** 마갈궁 말이외다. 한유와 소동파도 바로 이 사주였다고 하오.'

껄껄껄 웃던 박지원의 웃음소리가 들리는 것만 같다. 불운한 사주를 들려주며 껄껄껄 웃던 박지원. 그 웃음은 불운을 감추려는 웃음이 아니라 자신의 불운한 사주를 오히려 반기는 용장의 웃음에 가까웠다. 박지원은 내친 김에 자신의 꿈 하나까지 덧붙였다.

'꿈에 서까래만 한 붓 다섯 개를 얻었소. 그 붓에 이렇게 적혀 있었소. 붓으로 오악을 누르리라. 참으로 개똥 같은 꿈 아니오?'

서까래만 한 붓이 있을 리 없으니 개똥 같은 꿈이라는 논리다. 정말 그런가? 개똥 같은 꿈이라면서도 박지원의 얼굴에선 웃음이 떠나지 않았다. 개똥 같은 꿈을 오히려 반기는 모습이었다. 개똥, 개똥, 개똥. 그래서 박지원은 무서운 사람이다. 개똥까지 흡수해 자기화해버리는 사람이 바로 박지원이다. 문장이건, 운명이건, 그의 앞에선 버틸 재간이 없다. 그리하여 왼 어깨에는 불운한 사주를, 오른 어깨에는 개똥 같은 꿈을 얹은 박지원은 그에겐 난공불락이다. 빛나는 가문까지 휘장처럼 달고 있으니 더더욱 난공불락이다. 그래서 그는 박지원을 보면 늘 한 걸음 뒤로 물러난다.(심리학 수업을 꽤 많이 들은 당신이라면 신중하고 예절 바른 그에게도 커다란 콤플렉스가 하나 있다는 사실을 이 대목에서 확실히 읽었을 것이다. 박지원의 행동에 대한 그의 추측이 미묘하게 엇나가는 느낌을 주는 것도 어쩌면 이 콤플렉스 때문일 터. 그렇다고 그에 대한 신뢰를 단번에 접지는 말자. 우선은 그의 생각을 계속 읽어나가기로 하자.)

그 박지원에게 사주와 꿈이 있다면 이언진에겐 관왕묘가 있다. 이언진의 시가 그토록 자신감에 가득 차 있는 건 관왕묘 때문인지도 모른다. 위대한 관왕이여! 그러나 위태하다. 이언진의 수호신 관우는 비참하게 죽었다. 죽음을 담보로 한 영광이란 뜻이다. 게다가 이언진에겐 휘장이 없다. 가슴을 빛낼 휘장이 없다. 이용휴가 있지 않느냐고? 모르는 말이다. 남인은 사람 취급도 받지 못한다. 비주류는 휘장을 달아줄 수 없다. 이언진은 그 사실을 그 누구보다 잘 알 터. 자신감으로 충만해 있으면서도 휘장 없는 텅 빈 가슴이 내심 불안해했을 터. 그래서 박지원에게 시를 보냈고 오늘은 박지원의 집 근처를 서성

거렸을 터. 그러나 박지원은 이언진에게 휘장을 달아줄 생각이 없다.

성대중의 말이 의미심장하다.

"역관의 아들로 태어나게 해놓고 문장가가 되게 해달라고 빌었다니 이게 말이 되오?"

"글쎄요."

"아들을 고생길로 몰아넣은 격이지. 제 분수도 모르는 아비 때문에……. 그건 그거고 아무튼 그놈의 고집만 좀 꺾으면 좋을 텐데……."

성대중은 한참을 더 툴툴대다가 떠났다. 성대중이 떠나자마자 그는 습관처럼 책을 펼쳤다. 글자가 눈에 들어오지 않는다. 엉덩이가 들썩들썩한다. 금이 가 있는 구들 사이로 꽃바람이 새어 들어오기라도 하듯 나비가 날갯짓을 하기라도 하듯 빗방울이 꽃잎을 툭툭 치기라도 하듯 엉덩이가 들썩들썩한다.

'가야 하나? 말아야 하나?'

가야 하나? 만약에 간다면 이언진에게 할 말은 무엇인가? 이언진의 시를 칭찬하고 또 칭찬한 뒤에 조금만, 조금만 더 기다리라고 말할 것이다. 세상엔 서까래만 한 붓 다섯 개를 지닌 이가 자신 말고 또 있다는 사실을 박지원이 인정할 때까지.

가지 말아야 하나? 가지 말아야 한다는 결론에 이른다면 그 이유는 이러하다. 지금 이언진에겐 그 어떤 말도 귀에 들어오지 않을 것이다. 성대중에게 전해들은 성품으로 보아 자칫하면 문전박대를 당할 수도 있다. 일을 해결할 기회조차 얻지 못하게 된다는 뜻이다. 그렇게 되면 낭패다. 게다가 이언진에 대한 공부 또한 아직은 부족하다. 그는 이 부분이 가장 걸린다. 이언진에 대해, 그의 시에 대해 조금만 더 생각해보고 싶다. 입으로는 왕세정을 말하면서 원굉도의 노선대로 시를 쓰는 그를, 엇갈린 내면을 지닌 그를 조금 더 깊이 이해하고 싶다.(답답해서 미치겠다고? 우리로선 어쩔 수 없다. 세상엔 이렇게 신중한 이도 있는 법이다.)

그로서는 드물게 좀처럼 결론에 이르지 못한다. 그래서 엉덩이는 들썩들썩하고 생각은 갈피를 못 잡는다. 결국 밖으로 나와 마당에서 서성인다. 피기는 피었으되 아직 활짝 피지 않은, 다른 가지의 것보다 지나치게 서둘러 세상에 나온 바람에 살구꽃의 불청객이 된 복사꽃들을 보며 서성인다. 뭔가 찜찜하다. 그 순간 박지원이 큰 소리로 내뱉으나 그가 유심히 듣지 못하고 지나친 말 하나가 섬광처럼 주위를 밝힌다.

'이기고 지는 건 나한테 달렸으니 내가 꼭 조물주라도 된 기분이드오. 그 옛날 조맹의 기분이 이랬을까?'

되새기고 보니 이상한 말이다. 왜 하필 박지원은 자신을 조물주에 조맹에 비유했을까?

전후사정으로 볼 때 박지원이 조물주와 조맹의 역할을 탐탁지 않게 여긴 건 분명하다. 박지원은 이언진의 시를 평해야 하는 자신의 입장 자체를 비판적으로 본 것이다. 그랬다면 평을 보류하는 게 옳지 않았을까? 그럼에도 기꺼이 조맹이 되어 혹평을 퍼부은 이유는 도대체 뭘까? 그는 며칠 후면 살구꽃들을 대신해 세상의 중심에 설 복사꽃들을 보며 묻는다.

"네 생각은 어떠하냐?"

그때, 사립문이 열린다. 복사꽃의 답인가? 아니다. 그렇지 않다. 심부름꾼이 들어온다. 박지원이 보낸 편지다.

객에게 꼼짝없이 잡혀 있네. 날 좀 구해주거나.

그의 얼굴에 웃음이 번진다. 원치 않는 손님이 찾아와 자신을 괴롭히고 있으니 미리 약속이라도 한 척 친구들을 이끌고 자신의 집으로 와달라는 소리다. 명문가의 자손이자 문단의 총아인 박지원에게 구애를 보내는 사람은 많고도 많았다. 본인은 손사래를 치는데도 사람들은 박지원을 잠룡으로 여겼다. 언젠가는 하늘로 솟아오를 잠룡. 주위의 눈이 있으니 들이닥친 손님을 무작정 내쫓을 수는 없다. 그래서 그에게 도와달라는 편지를 쓴 것이다. 편지를 받고 보니 아닌 게 아니라 술 생각이 간절하다. 지금 필요한 건 결정이 아니라 보류라는 생각도 든다. 그래, 며칠 더 느긋하게 생각해도 당장 큰 문제는 일어나지 않을 것이다. 아니, 오히려 며칠간의 휴지기가 꼭 필요한 시점인지도 모른다. 가끔은 머리를 비울 필요가 있으니까. 드디어 결정다운 결정을 내린 그는 가벼운 발걸음으로 집을 나선다.

어떤 식으로든 결정은 내려지는 법이다. 박지원이 불렀으니 그는 더 이상 고민할 필요가 없게 되었다. 박지원의 편지를 자신의 고민에 대한 일종의 해답으로 여겼으니까. 안일한 판단 아니냐고? 그렇게 중요한 결정을 어떻게 편지 한 통 받고 끝내느냐고? 물론 당신은 그를 비난할 수 있다. 그러나 그건 우리가 그 이후 일어난 일들을 대략적으로나마 알고 있기에 가능한 일이다. 그는 전혀 몰랐을 것이다. 지금 집을 나서서 박지원에게로 가면 다시는 이언진을 볼 수 없다는 사실을. 그래서 남은 세월 동안 복사꽃을 볼 때마다 자신이 한 즉흥적인 결정을 생각하며 후회하고 또 후회하게 되리라는 사실을.

10

이언진의 선택

고요한 밤이다. 그는 책을 읽고, 아내는 바느질을 하고, 운아는 잠들어 있다. 이즈음 부쩍 외로움을 타는 당신이 부러워할, 그러나 그들에겐 여느 날과 다를 것 없는 풍경이다. 대단한 무엇처럼 썼으나 기실 여느 골목길 집에서나 볼 수 있는 평범한 풍경이기도 하다. 그러나 당신이 통감하듯 평범함은 그냥 주어지는 선물이 아니다. 평범함을 얻기 위해 지불해야 할 대가는 생각보다 크다. 평범함을 만끽하는 이 집은 합당한 대가를 치렀다. 무슨 말인가? 한두 시간 전만 해도 이 집은 메가톤급 혼돈에 휩싸여 있었다. 맑은 하늘에서 번개가 번쩍했고, 나무는 미동도 않는데 폭풍이 몰아쳤고, 바람 한 줄기 없이 꽃잎이 우수수 떨어졌다. 이웃집 여인네들이 오늘이 어제고 어제가 오늘인 것처럼 똑같은 내용의 수다를 지치지도 않고 떨어대는 동안 그의 집에서는 고성과 깊은 한숨과 그득한 눈물이 피 묻은 상처 딱지처럼 하늘에서 갑자기 쏟아졌다. 성대중이 돌아간 후 얼마 되지 않아 벌어진 일이다. 물론 성대중에게 책임이 있다는 뜻은 아니다. 성대중으로서는 어떤 식으로든 개입되길 바랐겠지만 그는 이 일과는 별 관계가 없다.

우리도 알다시피 그는 성대중을 마루에 서서 보냈다. 일부러 예를 무시하고 성대중을 보냈다.[42] '일부러'란 단어에 유의하자. 무슨 뜻인가? 무례한 그의 행동이 어쩌면 배려일 수도 있다는 뜻이다. 무례함이 곧 배려라는 이 이율배반을 당신은 짐작하리라 믿는다. 다시 쓰자. 그는 일부러 성대중이 나가는 걸 끝까지 보지도 않고 안방으로 갔다. 안방에서 그는 성대중 앞에 있던 이와는 다른 사람인 양 행동했다. 운아의 재롱을 감상하던 그는 아내를 보더니 배를 슬쩍 만졌다. 시장하다는 뜻이었다. 아내는 빙긋 웃으며 밖으로 나갔다. 그는 잠시 눈을 감았다 떴다. 그러고는 책장에서 그동안 자신이 쓴 시들을 모두 꺼내 책상 위에 놓았다. 분량이 어느 정도냐고? 거기까지는 미처 생각 못했으나 시인으로 살았던 그의 생애를 고려할 때 두꺼운

---

42. 예를 갖춘 응대는 어떤가? 이옥李鈺이 쓴 〈노생盧生〉《완역 이옥문집》, 휴머니스트, 2009) 이란 글에 다음과 같은 내용이 있다.
"주인은 객에게 자고 가라고 했다. 갑자기 돌아가지 말라고 청했다. 객은 사양하고 나왔다. 주인은 또다시 그러지 말라고 했다. 끝내 객을 모실 수 없게 된 후에는 객의 뒤를 따라나왔다. 문 안에 이르자 다시 객에게 읍하기를 처음과 같이 했다."

양장본 네다섯 권을 쌓아놓은 분량 정도는 족히 되었다고 설정하는 게 좋겠다.

그는 무심한 표정으로 자신이 쌓아놓은 원고에 손바닥을 올려보았다. 원고 옆에 손바닥을 대며 높이도 가늠해보았다. 원고 아래 손을 넣어 무게도 측정해보았다. 크기와 높이와 무게를 잰 뒤에는 위의 것부터 아래 것까지 빠르게, 그러나 한 장도 빠짐없이 넘겨보았다. 책에 관한 한 모든 것이 LTE급 빠름, 빠름인 그에게 검토 작업은 그리 오랜 시간을 요하지 않았다. 작업을 마친 그는 깍지를 끼곤 운아를 보았다. 운아는 바빴다. 손가락에 물을 찍어 석판에 글씨를 쓰는 중이었다. 보이지 않는 글씨를 그는 소리 내 읽었다. 어떻게 그럴 수 있느냐고? 가능한 일이다. 그는 운아의 아버지니까. 그는 빙긋 웃고는 두 손으로 원고를 들고 자리에서 일어났다. 남는 손이 없으니 한쪽 팔꿈치로 문을 밀었다. 오래되어 아귀가 맞지 않는 문(그러니까 그의 집 문인)에서는 삐거덕 소리가 났다. 운아가 삐그, 삐그 하며 까르르 웃었다. 그는 운아를 향해 약간은 머쓱한 웃음을 지은 후 마당으로 갔다. 원고를 내려놓고는 지긋이 바라보았다. 대열에서 이탈해 머리 쑥 내민 종이들이 마음에 들지 않았다. 그는 손바닥을 이용해 최대한 정돈된 형태로 만들었다. 집중의 시간이 끝난 후 다시 원고를 보았다. 완벽한 상태까지는 아니었으나 그는 고개 한 번 끄덕이곤 부싯돌을 켰다. 불이 붙었다. 종이를 만난 불은 금세 활활 타올랐다.

"무슨 짓이에요?"

아내의 목소리가 들린 건 당신의 느긋하지도 빠르지도 않은 속도로 하나, 둘, 셋, 넷, 다섯을 센 뒤였을 것이다. 부엌에서 밥하던 아내는 소리부터 지르곤 용수철처럼 마당으로 튀어나왔다. 아내는 손을 내밀어 아직 불이 붙지 않은 원고를 건졌다. 아내의 손은 재빨랐으나 불길보다 빠르지는 않았다. 이미 타버린 양에 비하면 꺼낸 원고는 얼마 되지 않았다. 아내는 원고를 바닥에 내려놓았다. 아내는 그를 노려보았다. 아내는 손바닥으로 그의 뺨을 때렸다. 아내는 찰싹 소리가 날 정도로 세게 그의 뺨을 때렸다. 아내는 원고를 품 안에 안고 울먹였다.

"도대체 무슨 생각으로 이러시는 겁니까?"

"별일 아닙니다. 무가치한 것들이니 태워버리는 것뿐입니다."

우리는 그의 말이 진심이 아니라는 사실을 잘 알고 있다. 우리도 아는 걸 그의 아내가 모를 리 없다. 그의 아내는 이렇게 반박했다.

"그 사람 말 한마디가 그렇게 중요합니까?"

때는 조선 시대다. 그는 그의 일을 하고 아내는 아내의 일을 한다. 아내에게 자신이 쓰는 시에 대해 말한 적이 없다는 뜻이다. 박지원에게 시를 보낸 일에 대해서도 언급한 적이 없다는 뜻이다. 그래서 놀랐다. 아내가 '다 알고 있다'는 사실에 크게 놀랐다. 아내의 지력을 무시하는 그를 비난하진 말길. 남자들이 범하는 흔한 오류에 빠진 것뿐이니. 그 또한 시인이기에 앞서 남자이니.

그는 뺨을 만졌다. 아무 말 없이 뺨을 만졌다. 상황이 상황이니만큼 시인의 본능으로 시 한 편 뚝딱 만들었을지도 모르겠다. 그 시를 소개할 수는 없다. 아무리 그라도 그 상황에서 시를 내뱉었을 리는 없으므로. 대신 그는 뺨에 대해 명상한다. 뺨은 뜨거웠다. 여러 이유가 있을 터. 불 앞에 서 있다는 이유, 아내의 손이 매서웠다는 이유, 스스로가 부끄러웠다는 이유 등을 들 수 있으나 선택은 쉽지 않았다. 삼지선다 혹은 사지선다 앞에서 고민하던 그는 아내를 향해 손을 내밀었다. 이 행동에 대한 해석은 쉽다. 원고를 달라는 뜻이었다. 아내가 살린 원고를 돌려달라는 뜻이었다. 아내는 고개를 젓고 원고를 잡은 손에 더 힘을 주었다. 아내의 몸집은 작다. 목적을 위해 물불을 가리지 않는 당신이라면 완력을 쓸 수도 있겠다. 그는 다르다. 그는 시인답게, 아니 시를 불태웠으니 시인보다는 역관답게 우아한 언어로 설득을 시도했다.

"어리석은 짓 하지 마십시오. 요물이라 화만 불러올 뿐입니다. 그러니 어서 주세요."

"싫습니다."

"천하엔 본래 일이 없는데 괜히 책 읽고 글 쓰는 작자들이 문제를 만들어낸 겁니다. 나는 그러고 싶지 않습니다."

"안 됩니다."

"나는 더 이상 시를 쓰고 싶지 않습니다. 내가 쓴 시를 보고 싶지도 않습니다."

"무슨 말을 해도 안 됩니다."

끝이 날 것 같지 않던 대치를 끝내게 한 건 가족의 힘이다. 운아가 밖으로 나와 울었다. 성인_{聖人}이 아닌 아이처럼. 네 살 아이가 아닌 갓난아이처럼. 울음엔 전염성이 있다. 아내는 운아를 안고 함께 울었다. 성인_{成人}이 아닌 아이처럼. 아내가 아닌 운아처럼. 그러나 울음만으론 사태를 해결할 수 없다. 사립문이 열렸다. 이언로가 돌아왔다. 미리 짠 것처럼 꼭 필요한 때 돌아왔다. 그의 아내는 럭비공 넘기듯 원고를 토스했다. 그는 이언로에게 손을 내밀었다. 그러나 얼굴엔 이미 포기하는 기색이 역력했다.(현명하다. 세 사람 모두 평균적인 힘을 지녔다고 가정할 때 한 사람이 두 사람을 이길 수 있는 방법은 존재하지 않는다.) 의욕을 잃은 그를 향해 이언로는 고개를 저었다. 고개를 저으며 이렇게 말했다.

"그렇다고 시를 포기합니까? 그자에게 부끄럽지도 않습니까?"

그자에게 **부끄럽지도 않느냐?** 묘한 말이다. 형제의 우애가 남달랐다는 후대의 증언을 고려할 때 이언로는 그가 당한 멸시의 내용을 상세하게 알고 있었을 터. 그런데 그런 이언로의 입에서 나온 말이 부끄러움이다. 이언로는 '그자'를 비난하는 대신 '부끄러움'을 언급했다. 도대체 무슨 뜻일까?

평소의 그라면 동생의 입에서 나온 말에 주목하고 명상했을 것이다. 그러나 그는 반쯤 미쳤다. 언어에 대한 민감성을 잃었다. 그래서 하늘을 보며 육시랄랄랄랄랄랄랄, 혹은 그와 유사한 욕을 운율에 맞춰 큰 소리로 내지른 뒤 방으로 쏙 들어가버렸다. 이언로는 원고를 자기 방 가장 깊숙한 곳에 감춰놓고 이 물건 저 물건 올려놓는 세밀한 처리까지 마치고선 그에게로 갔다. 그러는 사이 막장 드라마는 끝이 났다. 그는 아무 일 없었던 것처럼 운아와 놀고 있었다. 조금 전 일을 다 잊어버린 사람처럼 웃으며 운아와 놀고 있었다. 그가 운아를 안고 두 팔을 번쩍 들자 운아는 까르르 웃었다. 팔을 내렸다 올렸다 하는 동작을 수차례 반복하자 운아의 웃음소리는 더 커졌다. 까르르. 까르르. 까르르. 그는 운아처럼 까르르 소리 내어 웃고는 목소리를 높였다.

"바보가 되어라!

부디 바보가 되어라!

괜한 욕심 부리지 말고

바보처럼 살아라!"

놀이와 언어의 불일치에 먼저 눈물을 보인 건 이언로였다. 이언로가 울자 운아가 울었다. 운아가 울자 그가 울었다. 밥상을 들고 들어오던 아내도 울었다. 제일 먼저 그친 건 운아였다. 밥을 본 운아는 이내 울음을 그치고 밥상으로 향했다. 아내가 웃었다. 그가 웃었다. 이언로가 웃었다. 울다가 웃는 기묘한 가족의 풍경. 당신의 용어로 표현하자면 웃픈 광경.

그래서 지금은 다시 고요한 밤이다. 여느 골목길 집처럼 고요한 밤이다. 그는 책을 읽고, 아내는 바느질을 하고, 운아는 잠들어 있다.

선생께서 또 말씀하셨다. 우리의 공부는 나날이 줄어드는 것을 추구하지, 나날이 늘어나는 것을 추구하지 않는다. 한 푼의 인욕을 줄일 수 있다면 한 푼의 천리를 회복할 수 있다. 얼마나 경쾌하고 깨끗한가! 얼마나 간단하고 쉬운가!

얼마나 경쾌하고 깨끗한가!

얼마나 간단하고 쉬운가!

그는 손으로 책상을 친다. 진리는 경쾌하고 깨끗하고 간단하고 쉽다. 문제는 사람이다. 사람은 경쾌하고 깨끗하고 간단하고 쉬운 진리를 복잡하고 어렵고 더럽고 불쾌하게 만든다. 그렇기에 사람은 진리를 포용하지 못하는 것이다. 그래서 진리는 사람 곁을 맴돌다 고개 숙이고 떠나가는 것이다. 진리가 떠나간 뒤에야 사람은 진리는 도대체 어디에 있느냐고 공허하게 외친다. 왕양명을 통해 깨달음 하나 얻은 그는 읽던 책을 덮고 눈을 비빈다. 아내가 바느질을 멈추더니 그를 보며 웃는다.

"방을 하나 더 만들면 어떻겠습니까?"

"네?"

"혼자 쓰실 방이 있어야겠습니다."

혼자 쓰는 방! 그는 한 번도 혼자 쓰는 방을 생각해본 적이 없다. 가난한 살림에 동생까지 함께 살고 있다. 그의 미래는 21세기 출판 시장처럼 부정적이다. 살림살이는 더 나쁘면 나빠졌지 좋아지지는 않을 것이다. 그런 마당에 혼자 쓰는 방이라니 언감생심이다. 그러나 아내의 말은 자연산 꿀처럼 생생하고 달콤해서 그의 머릿속은 이미 혼자 쓰는 방을 그리고 있다.

책장으로 둘러싸인 방 한가운데에는 책상과 다구가 있다. 아이의 울음도 없고, 동네 아낙들의 수다도 없는 그 방 한가운데에서 어린잎으로 만든 차를 마신다. 차의 향이 사라지기 전에 눈 감고 참선을 한다. 극락이 따로 없으리라. 그윽한 차의 향과 함께 참선하는 그곳이 바로 정토이리라. 참선하는 그 사람이 바로 여래이고 성인이리라. 그는 오직 그의 마음과만 마주하리라. 자신을 친구 삼아 끝없는 대화를 나누리라. 골목길의 진정한 주인이 되리라. 행복한 상상이다. 그는 침을 꿀꺽 삼킨 후 빙긋 웃는다.

"내겐 이미 방이 있습니다. 남들 보기엔 허름해도 내겐 이미 방이 있으니 아무런 문제가 없습니다. 멋진 이름도 있습니다. 구양수歐陽脩는 자신의 서재를 아름다운 배에 비유했고, 육유陸游는 책 둥지라 불

렸습니다. 난 이 방에 골목길이라는 이름을 붙였지요."

골목길이라는 말에 아내는 고개 숙이고 빙긋 웃으며 이렇게 말한다.

"골목길 집에 골목길인 당신이 살고 있네요."

우리는 이미 알고 있는 이 멘트에 그가 웃고 아내가 웃는다. 아내는 살짝 하품을 한다. 그는 등불을 끈다. 아내는 어둠 속에서 살짝 고개를 숙여 보이곤 운아 옆에 눕는다. 잠시 후 아내의 코 고는 소리가 들린다. 운아도 따라서 코를 곤다. 둘의 코 고는 소리는 요란하지 않고 부드럽다. 그래서 아름답다. 아름답게 코 고는 소리에 맞춰 그의 머릿속에 시 한 편이 떠오른다.

집에 있으면
지붕 스치는 바람이 괴롭다.
밖에 나가면
떠도는 중이 좋다.
처는 거미
자식은 누에.
나의 온몸
그들이 휘감았다.

자신의 머릿속에서 튀어나온 시에 자신이 놀란다. 아름다운 소리를 듣고 만든 시가 어둡고 비관적이다. 그는 가족 안에 있으면서 가족을 벗어날 생각만 하고 있다. 아내는 그를 위한 방을 생각하는데 그는 가족을 떠날 생각만 하고 있다.[43] 씁쓸하다. 그는 자신이 밉다. 시가 밉다. 아내가 깰까 봐 숨 죽여 한숨 한 번 내쉬는데 눈앞에 골목길이 보인다. 방 한가운데 골목길이 자리한다. 골목길 끝엔 이용휴가 서 있다. 이용휴가 씩 웃으며 말한다.

'갈림길에 이르렀으면 의심하고 질문을 던져야 한다네.'

이용휴가 돌아선다. 사라진다. 서둘러 이용휴가 서 있던 곳으로 간다. 길의 끝이다. 길의 끝은 또 다른 시작이다. 갈림길이다. 온 사방이 갈림길이다. 길이 너무 많아 고를 수가 없다. 스승은 도대체 어디로 간 걸까? 수많은 길 앞에 서서 망설이고 또 망설이며 그는 '그자' 박지원의 집을 떠올린다. 오늘 그는 시 한 편을 품고 박지원에게로 갔다. 종회처럼 멍청하게 행동하느라 끝내 건네지 못한 그 시는 이렇다.

장부에겐

결교뿐

함께 살고

---

43. 포르투갈 시인 페소아는 이렇게 썼다.
"나는 도망치고 싶다. 내가 알고 있는 것으로부터 도망치고, 나의 것으로부터 도망치고, 내가 사랑하는 것으로부터 도망치고 싶다."
시인들이란 작자의 심사는 대개 이렇다.(김효정 옮김, 《불안의 책》, 까치, 2012에서 인용)

함께 죽는다.

관중과 포숙아,

그들이

천년 뒤까지

아름다움을 전하는 이유.

이 시를 건넸다면 박지원은 도대체 뭐라 했을까? '오농세타'라는 욕까지 들어먹고도 자빠지기는커녕 자신을 찾아와 친구가 되길 원하는 그를 보고 박지원은 도대체 뭐라 했을까? 궁금하다. 그래서 그는 자신의 행동을 후회한다. 종회처럼, 아니 종회보다 못한 행동을 후회한다. 문을 열고 들어가기가 힘들었다면 던지고라도 와야 했는데, 그러지 못한 자신의 행동을 후회하고 또 후회한다. 그래서 그는 동생의 말을 이제야 떠올린다. 그자에게 부끄럽지도 않느냐는 그 말을 떠올리며 후회하고 또 후회한다.

'어쩌면 오농세타는 나를 위한 표현인지도 모른다.'

그는 무한으로 늘어난 길을 보며 결심한다. 내일은, 내일은 박지원을 찾아가리라. 박지원을 찾아가 시를 건네고 시를 읽는 박지원을 보고 시에 불만스러워하는 박지원을 보고 고개 젓는 박지원을 보리라. 그러다 주먹을 휘두르리라. 그의 생각이 그르지 않다면 박지원은 그의 주먹질을 반길 것이다. 당장 싸움질할 사람처럼 주먹을 쥐고 결의를 다지는데 누군가가 갑자기 뒤돌아본다. 강심장이라도 흠칫 놀랄 수밖에. 강심장이 아닌 그로서는 더더욱 크게 놀랄 수밖에. '그의 골목길'에 다른 사람이 있었다고는 생각지도 않았으니 말이다. 그럼에도 가슴은 기대로 쿵쿵 빠르게 뛴다. 기대는 늘 배반을 선물한다. 그이는 성대중이다. 성대중이 실망한 그를 보며 묻는다.

'자네는 왜 유독 나에게만 못되게 구는가?'

그는 성대중을 본다. 성대중의 눈에서 흐르는 피눈물을 본다. 그러나 그는 그 피눈물이 진짜가 아님을 안다. 성대중을 비난하는 거냐고? 그렇지 않다. 자기가 보는 성대중이 진짜가 아님을 안다는 뜻이다.

'미안하게 되었습니다. 나는 나를 벗하지 남을 벗하지 않습니다.'

그럼 박지원은?

'그자는 내 친구가 아닙니다. 그러나 그렇게만 말할 수도 없는 게 그자의 진의는……'

모처럼의 친절한 멘트에 해설까지 이어지는 터라 조금 더 들으면 좋겠지만 그의 말은 중도에 끊어진다. 우리가 다루는 이는 시인이니 ─비록 시는 태워먹었지만─시적으로 표현하자. 바람에 날려 온 복사꽃잎 한 장이 그의 입을 막는다. 꽃그늘에 덮인 그는 갑자기 기침이 나려 한다. 기침과 함께 성대중이 사라지고 골목길이 사라진다. 아니, 그의 골목길이 사라진다. 그는 어둑한 방 안에 혼자 앉아 있다. 아내와 운아가 코 골며 자는 어둑한 방 안에 혼자 앉아 있다. 재빨리 손으로 입을 막아 기침 소리를 죽인다. 그러나 기침은 연달아 튀어나온다. 가슴 깊은 곳에서 그 무언인가에 쫓기기라도 하는 것처럼 자꾸 튀어 나와 좀처럼 멈출 줄을 모른다. 시작이 있으면 끝이 있는 법인데 기침은 그 법칙을 모르는 것처럼 도무지 끝나지가 않는다.(물론 그건 평정심을 잃은 그의 착각이다. 우리가 알듯 기침은 언젠가는, 멈추게 되어 있다. 시작한 건 끝나고, 태어난 것은 죽는다.) 아내가 깬다. 그는 웃으며 고개를 끄덕여 보인다. 아내가 등불을 켠다. 그의 손은 온통 붉다. 꽃잎의 붉음은 그의 붉음 앞에서 비교 대상으로 논하기도 민망하다. 그런데도 그는 괜찮다며 고개만 끄덕여 보인다. 울고 있는 아내의 등을 두드리며 괜찮다며, 다 괜찮다며 고개만 끄덕여 보인다.

11
성대중의 선택

누군가 다가와 갑자기 손을 잡는 바람에 그는 깜짝 놀란다.

"이 밤중에 왜 혼자서 걷고 계신 거요?"

이덕무다. 이덕무가 그의 앞에 서서 웃고 있다. 그는 어리둥절하다. 갑작스러운 상황이 낯설기만 하다.(현실적인 그에게는 드문 일이라는 사실을 강조하고 싶다.) 정확히 말하자면 이곳이 어디인지도 모르겠고, 왜 여기에 있는지도 모르겠고, 이덕무가 어디에서 나타났는지도 모르겠다. 고개를 돌린 그는 깜짝 놀란다. 성대중을 보고 있는 건 이덕무만이 아니다. 한 무리의 사람들이 이덕무의 뒤에 서서 자신을 지켜보고 있다. 유금柳琴, 유득공柳得恭, 박제가, 이희경李喜經 그리고 박지원이다. 박지원을 제외하곤 모두 다가와 손을 내밀며 아는 체를 한다. 그렇다면 박지원은? 보스처럼 한 발짝 떨어진 거리를 고수하고 있던 박지원은 박지원답게 밑도 끝도 없는 소리를 내뱉는다.

"늦은 벌이오. 술부터 사시오."

당신이라면 왜 그래야 하느냐고 큰 소리로 따지고 들었겠지만 그는 다르다. 그는 전후사정도 모르면서 습관처럼 웃음 짓고 고개를 끄덕인다. 무리로부터 몇 걸음 뒤에 처져 있다 어느새 그의 앞으로 뛰어나온 눈치 백단의 하인에게 있는 돈, 없는 돈 다 털어서 건넨다.

하인이 술을 사러 간 동안 그는 이덕무에게서 한 무리의 사람들이 모이게 된 대강의 사연을 전해 듣는다. 늘 그렇듯 별스러운 사연은 아니다. 박지원이 이덕무더러 친구들을 이끌고 자신의 집으로 와달라고 한 것, 박지원의 집에 가보니 고위 관직자인 이조좌랑이 와 있어 깜짝 놀랐다는 것, 박지원의 은밀한 요구대로 이조좌랑을 내쫓기 위해 한바탕 소란을 피웠다는 것, 백수들의 행패를 견디지 못한 이조좌랑이 쓴웃음을 지으며 떠났다는 것, 불청객을 내쫓는 데 성공한 뒤 자축하는 의미로 박지원의 집에서 거나하게 술을 마셨다는 것, 좁은 집이 답답해 달구경하며 술 마시러 거리로 나왔다는 것, 하지만 날이 흐려 달이 잘 보이지 않아 걷고 또 걷다 보니 어느새 수표교에 이르렀다는 것을 이덕무에게서 전해 듣는다. 다시 말하지만 별스러운 사연은 아니다. 그들 무리에겐 늘 있는 일이다. 그 권세 있는 이조좌랑을 개처럼 내쫓았다는 사연에 배알이 꼴리기는 하나 지금 그가 주목한 것은 사연을 전하는 이덕무의 붉은 얼굴이다. 취한 게 분명하다. 반듯한 이덕무가 표 나게 취하는 건 흔한 일이 아니다.

술 사러 간 하인이 "술 왔습니다!"라고 요란하게 외치며 도착한다. 술병들의 크기에 무리는 감탄하고 그에게 다가와 공을 치하한다. 공을 치하하는 방법은 간단하다. 술을 권하면 그만이다. 이희경이 권하고, 박제가가 권하고, 유금이 권하고, 유득공이 권한다. 그는 술잔을 받아 단숨에 비우곤 다시 건넨다. 한 잔만 단숨에 비우고 건넨 게 아니라 자신에게 온 술잔을 빠짐없이 비우고 건넨다. 이덕무가 고개를 갸웃한다. 술잔 한 잔도 서너 차례, 아니 나노 단위로 나눠 마시는 그의 오랜 습관을 잘 알고 있기 때문이다. 이덕무는 고개를 갸웃하면서도 그에게 술 권하는 것을 잊지 않는다. 그는 이번에도 원샷으로 비운다. 그가 건넨 술잔을 받아 원샷으로 화답한 이덕무가 묻는다.

"호쾌한 기상을 보니 좋기는 합니다만 혹시 무슨 일 있습니까?"

이덕무가 선수를 쳤으나 사실 그가 묻고 싶은 질문이기도 하다. 무엇이 이덕무로 하여금 얼굴 붉어지도록 술을 마시게 했을까? 그 이유는 자신의 이유와도 비슷할까?

그가 답하기도 전에 새 술잔 하나가 앞에 놓인다. 박지원의 술잔이다. 박지원은 술잔만 놓지 않는다. 걸쭉한 말도 안주로 내놓는다.

"봉상시 판관 나리께서 백수들의 모임에 어인 일이신가요?"

그 말에 모두 웃음을 터뜨린다. 다른 때라면 그도 함께 웃었을 것이다. 대조선국의 관리에게 무례한 행동을 하면 가만히 있지 않으리라 엄포를 놓으며 박지원의 뼈 있는 농담을 아무렇지도 않게 받아넘겼을 것이다. 그러나 지금 그는 그럴 수가 없다. 엉겁결에 술까지 사긴 했지만 농담에까지 장단을 맞춰줄 수는 없다. 그래서 아무 말 하지 않고 조용히 술잔만을 비운다. 박지원은 성대중이 술잔 비우는 걸 기다리지도 않고 새로운 화제로 무리를 유인한다.

"내일은 다 같이 필운대로 살구꽃 구경을 가면 어떻겠소? 마음 약한 살구꽃이 복사꽃에 자리를 양보하고 다 사라지기 전에."

그는 하늘을 본다. 구름이 잔뜩 껴 있다. 한바탕 비가 쏟아질지도 모르겠다. 그렇다면 살구꽃의 기운도 절반쯤은 사라져 감상하기에 꽤나 부족할 터. 그러나 무리의 반응은 그와는 다르다. 그들도 눈이 있으니 찌푸린 하늘이 보일 테지만 모두 박수치고 반긴다. 왜? 그들은 그와는 처지가 다르다. 그들은 백수들이다. 어차피 할 일이 없다. 날씨야 어떻건 모여서 놀 일이 있으면 그저 함께 놀 뿐이다. 비가 오면 비를 맞으며 놀고 눈이 내리면 눈을 맞으며 놀 뿐이다. 여인네들도 아닌데 꽃구경 제안에 갑자기 분위기가 시끄러워진다. 마치 꽃을 잊고 살던 이들처럼. 너무 바빠 꽃 볼 시간도 없던 이들처럼. 이덕무는 예외다. 그가 보기에 이덕무는 형식적으로만 무리의 시끌벅적함에 동조하고 있을 뿐이다. 이덕무의 눈이 그와 마주친다. 그가 턱을 살짝 치켜든다. 이덕무는 그의 메시지를 읽었다. 그가 무리에서 벗어나자 이덕무도 뒤를 따라온다. 둘은 수표교 끝에서 걸음을 멈춘다.

이덕무가 웃으며 묻는다.

"함께 가실 수 있지요?"

그러나 이덕무의 얼굴은 붉고 웃음엔 힘이 없다. 그는 대답 대신 질문을 한다.

"무슨 일 있소?"

이덕무가 살짝 한숨을 쉰다. 평소의 이덕무에게서는 보기 힘든 힘 빠진 모습이다.

"아무래도 이언진이 마음에 걸립니다. 별일이야 있겠나 싶으면서도……."

"별일이 있었소."

"네?"

그는 또다시 대답을 건너뛴다. 무리와 농담을 주고받는 박지원을 보며 분노를 표출한다.

"저자는 조맹이오."

"네? 조맹이라고요?"

우리는 조맹의 이름을 기억한다. 박지원이 말하고 이덕무가 들은 이름 조맹. 이덕무로 하여금 뒤늦게 명상하게 만든 이름 조맹. 그 조맹의 이름이 지금 그의 입에서 튀어나온 것이다.

"자기 마음대로 벼슬을 줬다 뺏었다 한 진나라의 조맹 말이오. 조맹이 귀하게 여긴 건 조맹이 천하게 할 수 있다던 그 조맹!"

이덕무는 말없이 그를 바라본다. 우리와는 달리 이덕무가 응시하는 의미를 알 까닭이 없는 그는 고개를 젓고는 건너뛴 대답을 한다.

"별일이 있기는 있었습니다. 저자에게는 하나도 중요하지 않은 일이겠지만."

"도대체 무슨 일입니까?"

"이언진이, 이언진이…… 자신이 쓴 시들을 다 태워버렸다오."

"네? 도대체 언제 그랬답니까?"

"다 나 때문이오. 내가 떠난 후 얼마 되지 않아 그랬다니까."

우리는 그 때문이 아니라는 사실 또한 잘 안다. 그럼에도 그는 자책한다. 마치 자기 때문인 것처럼 주먹으로 난간을 세게 친다. 주먹은 강철이 아니다. 주먹은 돌을 이길 수 없다. 하여 손마디에서 피가 난다. 이덕무가 깜짝 놀라 그의 손을 잡는다.

"자책하지 마십시오. 그대 때문이 아닙니다."

"그렇지. 나 때문은 아니지. 실은 저 인간 때문이지. 시가 마음에 들지 않더라도 일단은 칭찬하고 그런 뒤 부드럽게 타이르는 게 사람의 도리 아니겠소? 그게 대체 뭐가 어렵소? 그런데 저자는 어떻게 했소? 오농세타라는 말로 이언진의 가슴에 대못을 박았소. 천생 시인인 그에게서 시를 빼앗은 거나 마찬가지라 이 말이오."

이덕무가 고개를 끄덕인다. 그러나 그는 바보가 아니다. 이 순간 그는 잘 안다. 이덕무의 끄덕임은 동조의 의미가 아니라 그를 달래기 위한 끄덕임이라는 것을. 이덕무가 술에 취한 이유는 자기와는 좀 다르다는 것을. 그는 부끄럽다. 무엇이 부끄러운가 하면 박지원을 앞에 두고도 이덕무만 붙잡고 떠들어대고 있는 게 부끄럽고 또 부끄럽다.

그는 박지원이 밉다.
자신을 바보로 만드는 박지원이 밉다.
그는 박지원이 밉다.
이언진이 그 아닌 박지원을 원했기에 박지원이 밉다.
그는 박지원이 밉다.
자신이 바보이고 이언진의 선택이 옳다는 걸 알기에 박지원이 밉다.

갑자기 취기가 몰려온다. 취기를 이겨낼 마음이 없는 그는 고개를 푹 숙인다. 그런데 어디선가 이상한 소리가 들린다. 난간에 귀를 대본다. 그렇다. 소리의 진원지는 난간이다. 난간에서는 소리가 들린다. 으 혹은 워, 스 혹은 사, 하 혹은 후, 언어로 규정하기 어려운 소리가 들린다. 도대체 무슨 소리인가? 이런 소리도 있던가? 세상엔 그가 모르는 게 참 많다. 기분이 좋지 않다. 속도 메슥거린다. 이덕무가 묻는다.
"괜찮습니까?"
"나 먼저 가보겠소."
이덕무가 만류한다. 그는 이덕무의 손을 뿌리치고 걷는다. 그러나 그는 근본적으로는 성품 좋은 인간이다. 걷다 멈추곤 뒤돌아서 이덕무에게 말한다.

"아깐 말한 건 다 잊으시오. 취해서 나온 헛소리니까요."

이덕무가 뭐라고 말하지만 그의 귀에는 들리지 않는다. 그는 걷는다. 누군가 그의 이름을 부른다. 그는 돌아보지 않는다. 걸음을 멈추지도 않는다. 그는 걷고 또 걸으며 욕을 내뱉는다.

"육시랄 놈 같으니."

욕을 내뱉긴 했지만 우리로서는 그 욕이 누구에게 하는 욕인지는 알 수가 없다. 박지원에게 하는 것인지, 이언진에게 하는 것인지, 자기 자신에게 하는 것인지 욕만 들어서는 도무지 알 수가 없다. 걷고 또 걷던 그는 무리가 보이지 않는 샛길에 들어선 후에야 걸음을 멈춘다. 그는 바닥을 보며 이언진이 자신에게 했던 냉정한 평가를 생각한다.

속인을 마주해서는 세속을 벗어난 말을 하기 어렵고, 장님을 마주해서는 비단 무늬의 아름다움을 이야기하기 어려운 법이지요.[44]

이언진의 말은 그르지 않다. 이언진의 말 그대로 그는 속인이며 장

---

44. 《장자》에 이언진의 발언과 유사한 내용이 있다.
　"장님은 아름다운 옷 장식을 감상하는 데 끼어들 수가 없고, 귀머거리는 아름다운 악기 소리를 감상하는 데 함께할 수 없다."

님이다. 이규처럼 쌍도끼를 마구 휘두르지도 못하는 속인 중의 속인, 장님 중의 장님이다. 좋은 시인이 되고 싶으면서도 누구에게도 그 사실을 털어놓지 못하고 봉상시 판관이라는 자리를 한심하게 여기면서도 그 직위를 화씨의 보물인 양 과시하는 속인 중의 속인, 장님 중의 장님이다. 칠통인 그는 자신의 고래 꿈을 생각한다. 고래의 모습을 떠올릴 수 없었던 이유를 깨닫는다. 자신은 고래가 아니었으므로. 그래서 그는 그 꿈속에서 자신이 고래였다는 사실을 부정한다. 그는 새우였을 것이다. 고래싸움을 구경하는 새우였을 것이다. 작은 새우의 눈으론 고래의 전모를 파악할 수 없었기에 고래의 모습을 떠올릴 수 없었던 것. 그를 규정하는 단어들이 줄을 섰다. 속인, 장님, 새우. 이래서야 이언진의 친구가 될 수 없다.

그는 울고 싶다. 아이처럼 소리 내 엉엉 울고 싶다. 아예 바닥에 드러누워 울고 싶다. 그러나 흔한 경구대로 여기서 울면 지는 것이다. 아무것도 아닌 인간이 되는 것이다. 봉상시 판관이라는 자리에 만족해 희희낙락하는 인간이 되는 것이다. 그는 주위를 둘러본다. 개똥이라도 있으면. 개똥이라도 시원하게 발로 찼으면. 그러나 우리 또한 잘 알다시피 개똥은 찾으면 없는 법이다. 하여 울지도 못하고 개똥도 차지 못한 그는 구름 가득한 하늘을 본다. 그는 눈물을 흘리지 않으려 애를 쓰며 스스로에게 다짐하듯 이렇게 말한다.

"결코 만만한 인간이 되지 않으리라."

성대중은 떠났어도 술은 남았다. 무리는 술을 마시고 또 마셨다.
술 마신 무리가 오밤중에 할 수 있는 일은? 기행이다. 만행이다. 기
행, 혹은 만행의 법칙은 누군가가 먼저 나서야 한다는 것. 이 경우
그 주인공은 유득공이다. 평소엔 이덕무 뺨치게 샌님 같던 유득공
은 술 마시다 말고 갑자기 수표교 난간 위에 올라선다. 무리는 유득
공을 말리지 않는다. 유득공은 무리의 시선을 즐기면서 한 발을 들
고 춤추는 흉내까지 낸다. 그러나 훗날의 규장각 검서이자 《발해고
渤海考》라는 민족주의적으로 진지한 역사서의 저자인 유득공은 남사
당패 어름산이가 아니다. 그래서 비틀거린다. 유득공을 끌어내린 이
는 박제가다. 유득공에게 혼쭐을 내는 이는 유금이다. 유득공은 묵
묵히 듣고 있다가 바보처럼 씩 웃는다. 씩 웃고는 그 자리에서 춤을

춘다. 무리는 술에 취했다. 그러니 춤추는 이를 보고만 있을 수 없다. 다들 따라서 춤을 춘다. 솔직히 말하면 춤 실력이 그다지 뛰어나지는 않다. 갓 쓴 선비들이 지금의 막춤에 해당하는 춤을 수표교 다리 위에서 추고 있는 장면을 연상하면 된다.(그러니 악사를 한 명쯤 배치하는 게 좋겠다. 거문고의 제왕 김억金檍이 함께한다면 막춤도 견딜 만할 테니.) 자, 그리 아름답다고 말할 수는 없지만 아무튼 토크쇼를 위한 배경은 그럭저럭 완성되었다. 밤이 더 깊어지기 전에, 한바탕 비가 쏟아붓기 전에 서둘러 토크쇼를 시작하는 게 좋겠다.

그 : 이언진이 평생 쓴 시들을 다 불태웠답니다.

그자 : (입을 움직여 무슨 말인가를 하려다가 그만두며) …….

그 : (살짝 언성을 높이며) 귀중한 시들이 이 세상에서 흔적도 없이 사라졌는데 할 말이 없습니까?

그자 : 안타깝소.

그 : 안타깝다, 다른 할 말은 없습니까?

그자 : 자기가 쓴 시들을 자기가 불태웠는데 내 뭐라 하겠소?

그 : 정말 그리 생각하십니까?

그자: (웃으며) …….

그 : '오농세타'라는 모진 답과 연관이 있을지도 모른다는 생각은 혹시 들지 않습니까?

그자 : 그럴 수도 있겠지요.

그 : 그럴 수도 있다?

그자 : (정색하며) 아, 답을 달라기에 답을 준 것뿐이오.

그 : 그 답이 이언진이 원하는 답이었을까요?

그자 : 상대가 원하는 답을 주는 게 법도라도 되오?

그 : '창부'라는 반응에 대해선 어떻게 생각하십니까?

그자 : 그럴 수도 있겠지요.

그 : 그럴 수도 있다?

그자 : 당장엔 화가 났을 테니, 격한 말로 화를 푸는 것도 나쁘지는 않다는 뜻이오.

그 : 내 생각엔 단순한 욕이 아닙니다. 당신과의 공통의 뿌리를 지칭하는 것으로 보입니다.

그자 : 그럴 수도 있겠지요.

그 : 그럴 수도 있다?

그자 : 내 어찌 다른 이의 속내까지 속속들이 다 알겠소?

그 : 그렇다면 오농세타는요? 이언진의 시에 원굉도가 자리하고 있는 걸 문제 삼은 발언이 아닌가요?

그자 : 그럴 수도 있겠지요.

그 : 그럴 수도 있다? 당신이 한 말인데 그렇게밖에는 응대할 수 없나요?

그자 : 나는 필요한 답을 했을 뿐이오. 해석하는 건 내 몫이 아니지.

그 : 오농세타를 언급하기 전에 이언진이 보낸 시를 나도 읽었습니다. 그 시엔 지금 당신이 애매모호하게 한 답변, 즉 공통의 뿌리로서의 원굉도를 언급하는 이언진의 마음이 그대로 담겨 있습니다. 이에 대해서는 어떻게 생각합니까?

그자 : 내 지금까지 줄곧 말하지 않았소? 내게 시를 보내고 줄기차게 답을 요구한 건 이언진이고, 그래서 나는 고민 끝에 적절하다고 생각한 답을 했을 뿐이오.

그 : (흥분하며) 당신의 그 잘난 척하는 태도 때문에 시가 사라졌단 말입니다. 다 타버렸단 말입니다. 그런데도 계속 발뺌만 할 건가요?

그자 : (표정이 변하며) 그러니까 모든 게 다 내 책임이다, 이 말을 하고 싶은 거요?

그 : (당황하며) 다라고까지 말하는 건 아니지만…….

그자 : 내가 이언진더러 시를 보내달라 했소?

그 : …….

그자 : 내가 이언진의 시가 어떤 수준인지 평가하겠다고 했소?

그 : …….

그자 : 시작한 것도 이언진이고 끝낸 것도 이언진이오.

그 : …….

그자 : 이언진의 시에 답을 하지 않은 이유이기도 하오. 난 그가 의도한 대로 일을 끌어가고 싶지 않았소. 재주는 있으나 덕이 부족한 그의 치기

에 말려들고 싶지 않았다는 뜻이오.

그 : …….

그자 : 난 이언진이라는 사람에 대해 잘 모르오. 하지만 문인의 숙명에

대해서는 잘 아오. 한때의 환호에 흥분하면 그걸로 끝이라오. 환호하던

이들은 어느 날 갑자기 등을 돌리고 나를 욕하오. 나는 그 이유를 모르

오. 하긴, 환호하던 이유 또한 모르긴 마찬가지지.

그 : …….

그자 : 글이란 뭐요? 우리가 글을 쓰는 이유는 대체 무엇이오?

그 : …….

그자 : 자기를 위해 쓰는 것이오, 남을 위해 쓰는 것이오?

그 : …….

그자 : 그대도 잘 알겠지만 남을 위해 쓰는 글은 오래가지 못하오. 이언

진의 시는 독특했소. 하지만 그는 인정받고 싶어 안달복달하고 있었소.

꼭 몇 년 전의 나처럼.

그 : …….

그자 : 칭찬 세례를 해줄 수도 있었겠지. 내게 환호하던 이들이 그랬던

것처럼. 하지만 그게 이언진에게 도움이 되었을까요? 그의 시에 도움이

되었을까요?

그 : …….

그자 : 적당히 칭찬하고 끝낼 수도 있었겠지. 하지만 그게 이언진에게 도

움이 되었을까요? 진정으로 그를 위하는 길이었을까요? 인생은 긴데,

남들이 뭐라 하건 시는 계속 써야 하는데 말이오.

그 : (한숨 쉬며) 그래서 오농세타였군요. 오농세타는 당신의 진심이었

군요.

그자 : 그래서 오농세타였지.

그 : 원굉도와 왕세정이 중요한 게 아니었군요. 의고파니 창신파니 하는

건 아무것도 아니었군요.

그자 : 원굉도와 왕세정이 중요한 게 아니었지. 중요한 건 이언진이 시인

이라는 사실 하나뿐이오. 시인이 뭐요? 시 몇 편 쓰고 끝내는 게 시인이

요? 아니오. 시인은 평생 시를 쓰는 사람이라오. 환호와 칭찬은 비난과

혹평이 그렇듯 시인에겐, 아무런 의미가 없소.

그 : 아, 당신은 조맹이 아니었군요.

그자 : 나는 조맹이 아니었지. 어쩌면 조맹은…….

그 : 어쩌면 조맹은…….

그자 : 내가 아닌 이언진이었소. 안타깝게도 그는 자신이 그린 그림에서

한 걸음도 벗어나지 못했소. 나를 벽으로 여기고 아예 넘어설 생각도 하

지 않았소. 나는 그를 막아선 적도 없는데 말이오.

그 : …….

그자 : 이언진과 나의 뿌리가 같다는 말은 틀린 말은 아니오. 사실 그대

와 나의 뿌리도 같소. 우리들 글 쓰는 이들은 다 뿌리가 같소. 일종의 숙

명이지. 그러니 뿌리 운운하는 그 말이 대체 무슨 의미가 있소? 키워나가는 건 각자의 몫이오. 어쩌면…….

그 : 우리들 각자는 우리들 뿌리에게 조맹이 될 수도 있다는 뜻이로군요. 그러나 그 길은 남이 아닌 자기가 오래 참고 견뎌야 하는 길이란 뜻이로군요.

그자 : (웃으며) 하나 묻고 싶소. 엉뚱하게 들리겠지만. 진짜 친구란 도대체 무엇이오? 좋은 친구가 진짜 친구요? 나쁜 친구가 진짜 친구요?

그 : (웃으며) 글쎄요. 엉뚱하게 들리지는 않는데 답은 모르겠습니다. 진짜 친구란 도대체 무엇일까요? 나쁜 친구란 또 무엇일까요? 우리가 과연 친구이기는 한 걸까요?

정말로 이런 토크쇼가 진행되었는지 그 여부는 알 수가 없다. 박지원이 속내를 토로하고 그가 고개를 끄덕인 일이 실제로 있었는지는 알 수가 없다. 그 속내가 진정인지 계산인지도 물론 알 수 없다. 기록 따위는 남아 있지 않으니. 다만 우리가 알 수 있는 건 그날 개 한 마리가 무리 앞에 나타났다는 사실이다. 무슨 개소리냐고? 기록은 다음과 같다.

거리의 개들이 갑자기 짖어댄다. 개들의 울부짖음을 배경으로 커다란 개 한 마리가 개들의 대표라도 되는 양 무리를 향해 다가온다. 박지원이 그 개를 보며 아는 체한다.

"호백이로군."

오랑캐 호에 흰 백인 호백胡白. 호백이라는 이 개에 대해선 그도 들어보았다. 호백은 원래 중국 개인데 사신들을 따라 조선에 들어왔다. 똑똑하면서도 주인에 대한 충성심이 강한 게 특징이다. 목에 편지를 걸어주면 그 편지를 상대에게 전한 후 징표를 가지고 주인에게 돌아온다고 했다. 그럼에도 조선에 호백은 별로 남아 있지 않다. 입맛이 까다로워 주인이 주는 깨끗한 고기 아니면 먹지를 않기 때문이다. 그 까다로움에 질린 주인이 버리면 다른 무리에 섞이지 않고 홀로 돌아다니기 때문이다. 무리를 향해 다가온 호백은 한동안 굶주린 듯 바짝 말랐다. 박지원이 머리를 쓰다듬어 주니 눈을 깜빡이며 꼬리를 내린다. 그 광경을 지켜보던 그는 그답지 않게 불쑥 한마디를 한다.

"내 녀석의 이름을 호백豪伯이라 하겠소. 호걸의 호, 으뜸의 백, 그래서 호백이오. 자, 호백아, 이리 오너라."

호걸의 호, 으뜸의 백, 그래서 다시 호백이 된 호백은 사람 말을 알아듣기라도 한 것처럼 그에게로 간다. 그러나 아무리 호백이라도 호백은 호백이다. 마른 개라도 개는 개다. 호백은 그의 앞에서 뿌지직 소리 요란하게 똥을 싼다. 도를 이루기란 참 쉽다. 순식간에 뜨뜻한 삼층 똥 탑이 완성된다. 호백은 자신이 만들어낸 결과물을 음미하다 왔던 방향으로 다시 사라진다. 무리는 진리에 목이 마르다. 하여 삼층 똥 탑 앞에 결가부좌하고 앉는다. 두 손가락을 뺨에 대고 명상에 잠긴다. 그는 '그자' 박지원을 본다. 박지원은 주연 배우처럼 폼 잡고는 하늘을 보며 굵은 목소리로 말한다.

"비 오고 바람 불면 살구꽃은 다 질 것이오. 그러면 복사꽃이 살구꽃이 비운 자리를 채우겠지. 그런즉 비와 바람은 꽃에게는 조맹이라오."

박지원은 소리 없이 웃는다. 무리는 코러스처럼 입을 모아 흐흐 소리 내어 웃는다. 박지원은 하늘을 보며 또 이렇게도 말한다.

"그럼 비와 바람은 복사꽃을 택한 것일까요? 그렇지는 않소. 또 며칠이 지나면 복사꽃은 다만 올해의 꽃으로만 우리의 기억에 남겠지. 그 꽃을 내년에 또 볼까요? 그렇지 않소. **하늘은 지난해 진 꽃으로 다시 올해의 꽃을 삼는 법이 없으니.** 어쩌면 우리가 쓰는 문장도 그와 같은 건 아닌지 모르겠소.[45] 우리의 운명도 그런 것이 아닌지 모르겠소."

박지원은 소리 없이 웃는다. 무리는 코러스처럼 입을 모아 흐흐 소리 내어 웃는다.

꽃이 지고 꽃이 피는 진리. 지난해의 꽃과 올해의 꽃. 냉정하나 진리인 그 말을 들은 그는 무엇을 하는가? 그는 발광한다. 소리 높여 발광한다.

---

45. 이덕무는 몰랐겠지만 사실 이 문장은 이언진이 일본에서 필담으로 쓴 내용이다. 그걸 왜 박지원이 인용했는지는 제발 묻지 말길 바란다.

"호백아, 호백아, 내가 이름 붙인 호백 아닌 호백아, 똥만 남기고 간 호백 아닌 호백아, 너는 도대체 어디에 있느냐?"

그의 발광에 무리의 웃음은 더욱 커진다. 무리는 웃는데 그는 울고 싶다. 어린아이처럼. 갓난아이처럼. 갑자기 귀가 멍해진다. 소리가 들린다. 으 혹은 워, 스 혹은 사, 하 혹은 후, 언어로 규정하기 어려운 소리가 들린다. 그가 모르는 소리가 끊이지 않고 들린다. 그는 박지원을 본다. 어쩌면 박지원은 그 소리의 진원을 알 터. 그러나 박지원은 이미 결가부좌하고 앉은 무리의 일원이 되었다. 그는 갑자기 외로워진다. 세상 천지에 홀로 된 기분에 사로잡힌다. 친구 하나 없는 존재가 된 느낌이다. 그는 무엇을 하는가? 그는 달린다. 그는 눈물을 꼭 참고 귀를 막고 달린다. 호백이 사라진 거리로 눈물을 꼭 참고 귀를 막고 달린다. 이제 그의 모습은 보이지 않는다. 다만 거리엔 으악, 하는 광인의 비명 소리만 크게 울려 퍼질 뿐이다. 무리는 그 사실을 아는지 모르는지 무심한 표정으로 거문고를 바닥에 내동댕이치고 발로 밟아 산산조각 낸다. 거문고를 무無로 만든 그들은 삼층 똥 탑 앞에서 결가부좌하고 앉아 진리를 찾고 또 찾는다. 그들이 진리를 찾았는지 우리는 모른다. 그들의 얼굴엔 다만 가섭 같은 웃음 한쪽만 살짝 떠올라 있으니. 그 얼굴을 방금 내리기 시작한 비가 촉촉하게 적셔주고 있으니.

3장
남은 이야기들

1.

기록에 따르면 이언진은 1766년 3월 29일 오후, 세상을 떠났다. 복사꽃 만발한 춘삼월에 세상을 떠났다.

2.

이언진이 죽은 후 박지원은 이언진에 관한 글을 썼다. 그 글의 제목은 '우상전'인데 박지원은 이언진에 대해 이렇게 썼다.

지금 생각해보면 아마도 우상은 내가 호감을 가질 만한 인물은 못 된다고 생각했을 것이다.

3.

이언진이 죽은 후 이용휴는 그를 기리는 만시 10편을 썼다. 그중
한 편을 소개한다.

그는,

보잘 것 없는 필부에

지나지 않았다.

그가 죽으니

사람의 수가

줄었음을 알겠다.

이 어찌

세상의 도와 무관하겠나?

사람들은

빗방울처럼

많고도 많건만.

4.

훗날 성대중은 '순정한 문체'를 고수한 덕분에 종3품 고위직인 북청 부사에 올랐다. 문체반정이 한창이던 때의 일이다. 정조는 박지원과 이덕무에게는 반성문을 쓰라고 명령했다. 북청 부사 환송연에서 이덕무는 이렇게 썼다.

성 부사는
근면하고 또 근면하니
짓는 글마다 더욱
순박하고 혼후渾厚하네.
우리는
근면이 부족했으니

한 번 변하여

근본 회복하기만을 기약하네.

발跋

당신이 묻는다.

"시인의 진짜 친구는 누굴까?"

질문한 당신은 쑥스러운 웃음을 지어 보인다. 질문에 대한 답을 얻을 수 없다는 걸 알기에 머쓱한 웃음을 지어 보인다. 그러나 당신의 질문은 진짜 질문이 아니다. 당신의 진짜 질문은 이렇다.

"난 당신에게 진짜 친구가 될 수 있을까?"

만약 당신이 실제로 이렇게 물었다면 뭐라 답했을까? 친구란 무엇이며, 진짜 친구란 또 무엇이냐고 되물었을까? 그도 아니면, 우리가 친구이기는 한 거냐고 따지고 들었을까?

그거야 모르는 일이다. 무엇보다 당신은 그렇게 묻지도 않았으니. 그저 시인의 진짜 친구가 누굴까, 하고만 물었으니. 게다가 나는 이 시점에서 한 가지 사실을 고백해야 한다. 지금까지 당신이 읽은 이 글은 실상은 우정이며 친구와는 하등 관계가 없다고 말이다.

그러니 할 일은 뻔하다. 백아처럼 신나게 거문고 깨부수고 난 후 마주보고 명상이나 할 일이다. 우리가 함께 아는 시 한 편(그런 게 있다면)을 떠올리며 마주보고 명상이나 할 일이다. 그러기 위해선 번듯한 삼층 똥 탑부터 푸지게 준비할 일이다.